Mis días con los Kopp

Xita Rubert

Mis días con los Kopp

EDITORIAL ANAGRAMA
BARCELONA

Ilustración: «The Sandow Trocadero Vaudevilles», © Album / akg-images

Primera edición: marzo 2022

Diseño de la colección: Julio Vivas y Estudio A
© Xita Rubert Castro, 2022
   Autora representada por The Ella Sher Literary Agency
   www.ellasher.com
© EDITORIAL ANAGRAMA, S. A., 2022
   Pau Claris, 172
   08037 Barcelona

ISBN: 978-84-339-9943-6
Depósito Legal: B. 2180-2022

Printed in Spain

Liberdúplex, S. L. U., ctra. BV 2249, km 7,4 - Polígono Torrentfondo
08791 Sant Llorenç d'Hortons

I

Habíamos llegado con cierto retraso, pero allí nos esperaban Sonya y Andrew Kopp, plantados en la puerta del hotel. Parecían muertos de frío, ella se rodeaba el vientre con ambos brazos, dándose calor por debajo del abrigo, habiendo supuesto, digo yo, que incluso en el norte la península sería caribeña, y no azul, morada, británica como ella misma, como Sonya Kopp, digo.

El sol se había puesto hacía un rato, yo lo había visto desaparecer desde la ventanilla del avión. No era muy tarde pero sí febrero, la oscuridad y la niebla cómplices, disuasorias, y las farolas no iluminaban los rostros de los Kopp. Solo la calva huevuda de él. La melena pálida, corta de ella. La luz se reflejaba en lo blanco, en nada más.

Aun así, lo vi. Vi el modo en que Sonya registró mi presencia cuando nos bajamos del taxi y nos acercamos a ellos. Me miró sin reconocerme del todo, como si el contorno de mi figura no estuviese bien definido, o mi cuerpo fuese translúcido y fantasmal, o acaso toda yo *prescindible* para su selecta atención en aquel momento, a aquellas horas, las nubes habiendo bajado del cielo, los focos enfocando solo lo blanco. Andrew atravesó el gris y se abalanzó sobre mí. Me abrazó. Mientras tanto Sonya recibió dos besos de mi padre, un tanto obligada: aquel era un saludo demasiado táctil para ella. Durante aquellos días pareció sentirse forzada a todo, incluso a posar los ojos en ti cuando le hablabas, a soportar la mera presencia de otros seres. Me pregunto qué hubiese hecho por sí misma, a gusto, sin cara de circunstancias o de incomodidad suprema. Qué hacía cuando estaba sola, sin Andrew, o en días luminosos de verano, cuando la vida de uno está a la vista de todos. Nunca la vi sola, o en otra estación aparte del invierno, y eso fue parte del problema.

Estos primeros recuerdos no deben dar una impresión equivocada: yo no sentía hostilidad hacia Sonya. Al contrario, su actitud displicente me hacía admirarla, pues mi padre me había educado —adiestrado— para *ser siempre amable:* con los desconocidos, con los seres extraños y fantasmagóricos que no me daban buena espina, con los abusones. Además, Sonya hacía bien en no dignarse a abrazar a mi padre, en apenas rozarle las mejillas al besarlo: yo no recordaba cuándo se había duchado por última vez. Se había negado a hacerlo antes de irnos al aeropuerto, alegando, como siempre, que ducharse no era bueno para la capa protectora de la epidermis.

Le dije que la epidermis *era* la capa protectora, exterior, de la piel. No recibí respuesta. Vi en sus ojos que se compadecía de mí por tener aquella costumbre: ducharme. Desde Madrid, limpia y sucio, habíamos viajado al norte de España –a la ciudad que no nombraré– para encontrarnos con los Kopp.

–Sonya, cariño, esta es Virginia. La hija de Juan. Por fin os conocéis.

–Virginia –repitió Sonya, con la cadencia de Andrew, negándose a integrar mi nombre en su repertorio de palabras españolas–. Qué alegría, hola.

Sonya no me miraba a los ojos porque escrutaba mi pelo, mi camisa ligeramente escotada, los vaqueros de campana que, en la cintura, se me ceñían y me apretaban, las caderas me habían crecido notablemente aunque yo seguía embutiéndolas en ropa que ya no era de mi talla. Tenía diecisiete años, y todas mis amigas del colegio hacían lo mismo, seguir usando la ropa de cuando teníamos quince. Más tarde, aquella misma noche, me quedé pensando en qué significaba su modo indiscriminado de investigar mi atuendo, cuando minutos antes Sonya había ignorado mi presencia felizmente. Me observó, cuando lo hizo, como si toda yo fuese un error, no solo una adolescente vestida de forma inapropiada e incómoda para viajar. Como si pudiese provocar una catástrofe, o mi propia existencia –de la que sin duda tenía noticia previa, aunque fingiese lo contrario– fuese un gran peligro.

¿Un peligro para quién? Sonya, a veces pienso que escribo solo para ti, en lugar de *sobre* ti o *acerca de* lo que sucedió durante mis días con vosotros, los Kopp. Incluso vuestro apellido he alterado, no para que nadie os encuentre, sino para deshacerme yo misma, y en vano, de imágenes contradictorias y sentimientos encontrados. Recordaré –alteraré– siempre lo que sucedió. En parte para castigarme a mí misma, y en parte porque no tengo interés en la verdad: querer la verdad sería asumir la derrota, recordar que luché, perdí y fingí no darme cuenta. Ni la verdad ni el recuerdo. Solo me gustaría encontrarte. Y, como haría tu hijo el escultor, recubrirte en yeso. El resto se moverá y avanzará como personajes en lugar de esculturas, pero yo te preferiré a ti: blanca, inmóvil y hostil.

Hasta entonces, yo solo había advertido la hostilidad de Sonya –hostilidad disfrazada de madura seriedad, de senil impasibilidad– en algunos *hombres*. Hombres para los que una palabra mía, un movimiento o una decisión tendrían consecuencias irreversibles, agonías y sufrimientos que yo, adolescente y escurridiza, no llegaría a ver pese a haberlos «provocado». Como si cada hombre no fuese responsable de dónde coloca sus esperanzas, a qué ser frívolo e infantil entrega su corazón, qué proyecciones e imágenes alberga, oculta, y luego, cuando el suceso o la amante imaginada resulta no existir, tuviera derecho a culpar —a castigar— a alguien más allá de sí mismo. Como si los sueños, y los niños, tuviesen la culpa de abrazarte un segundo y echar a correr.

Tal vez el mismo Andrew Kopp era uno de esos hombres. Con apenas diecisiete años, como digo, ya me había visto con la necesidad de categorizar a los hombres adultos en subtipos genéticos, especie más digna de investigar que de tocar; manipularlos, sí se podía, porque es posible hacerlo desde lejos, con la mente, con la mirada que finge ser inocente, finge no saber, finge ser blanca. Casi todos los amigos de mi padre, para hablar claro, eran «de esos hombres». Desde sus ojos diminutos, hundidos entre pliegues y párpados, escondidos tras unas gafas más microscópicas aún, Andrew me miraba verdaderamente maravillado, como si fuese yo el espécimen, o hubiese esperado toparse con la criatura de diez años que había visto por última vez en Madrid, o como si el desarrollo físico de la especie humana —de la *mujer* humana— fuese algo insólito: milagroso y, como todo milagro, insoportable. Algo comentó sobre mi «sorprendente apariencia», aunque no recuerdo qué, debí de sentir una vergüenza tal que bloqueé el significado. Sonya le dio palmadas nerviosas en la espalda, riendo, y le pidió que soltase «a la pobre niña».

–¡Te digo que *ya no* es una niña! ¡Mírala!

La insistencia de Andrew era un poco ridícula y papá, como yo, se reía ante lo ridículo. Es más, yo sentía alegría. Efusiva bienvenida en medio del callejón desierto, frío: los contrastes inesperados también nos hacían reír, a nosotros. Y aunque sea cierto que mi padre tenía varios amigos pervertidos –sobre todo los académicos «humanistas» y los médicos en misiones «humanitarias»–, Andrew no era exactamente uno de ellos, y sería injusto sugerirlo. Andrew era una mezcla de varias cosas, y como tal su comportamiento era raro e imprevisible, pero también inofensivo. Era de ascendencia austríaca, nacido y criado por algún motivo –su padre era diplomático, creo recordar, pero tal vez es un recuerdo inventado– en Egipto. Era un señor extravagante y, afincado desde hacía años en Inglaterra, más inglés que los propios ingleses. Mejor dicho, Andrew tenía todas las cualidades de los británicos pero sin los modos victorianos que los convierten en seres convencionales, reprimidos. Sonya era inglesa, por supuesto, aunque no confirmó ninguno de estos prejuicios. Era, también por supuesto, judía.

Tras una mínima conversación en el vestíbulo del hotel, tanto los Kopp como nosotros nos retiramos. El encuentro con Sonya me había incomodado, y no podía expulsar de mí su melena corta, sus ojos igual de pálidos. Una vez instalados en la habitación, le pregunté a mi padre sobre los Kopp, esperando que me hablase de ella. Pero me habló de Andrew, y yo no quise insistir.

–Nos conocimos cuando yo trabajaba en Viena, tú aún no habías nacido, y yo ni siquiera había conocido a tu madre. El caso es que entonces Andrew también daba clases en la universidad. Te hablo de finales de los ochenta o principios de los noventa. Andrew no soportaba a sus compañeros de departamento y, como te puedes imaginar, yo tampoco acababa de encajar en el mío. No nos conocimos por los pasillos de la universidad, sino en una cafetería fuera del campus a la que íbamos a trabajar, porque evitábamos nuestras respectivas oficinas. La cafetería estaba llena de colegiales comiendo *schnitzel*, y luego estábamos él y yo. Todavía recuerdo cómo se oían los golpes de mazo contra los filetes, desde la cocina, *pam, pam, pam*. Y cuánto preferíamos la compañía de chicos de trece, catorce, quince años, tan distintos a los estudiantes pretenciosos de nuestras clases, y a nuestros colegas dinosaurios. Como dice el poema de Guillén: «En el cielo, las estrellas / A mi entorno, los colegas.» Aquella cafetería era nuestro refugio de los colegas, y llegamos a pasarlo estupendamente, juntos. Y no te niego que las jovencitas austríacas fuesen algo digno de mirar durante horas, inspiración sensual...

Me miró sin vergüenza, sus ojos abiertos, su boca amiga dudando entre reír o no. Fui yo la primera en reír. A mí me gustaba aquel modo de encapsular ideas en versos, en lugar de en razonadas y largas explicaciones. De meter la pata, a veces. De no decir siempre lo correcto, lo moral, sino lo inmediato: lo sentido sin censura. Yo compartía su alegría impúdica con él. Con él siempre me divertía, y por eso lo había acompañado a la entrega de no sé qué distinción académica que le daban a Andrew Kopp en España. A menudo me preguntaba si lo acompañaría a tal o cual ceremonia, obra de teatro, entrega de algo, aunque el evento fuese de dudoso interés. Siempre se encontraba allí con amigos, pero, tras someternos al baile social de saludos inesperados y miradas afectuosas, terminábamos él y yo solos, sentados en alguna esquina, evitando los grupos que se formaban y regeneraban a medida que avanzaba la velada. Sé que a veces me utilizaba para no acabar en un círculo de «colegas»; que incluso le gustaba que me confundieran con su jovencísima pareja, cuando mi cuerpo empezó a desplegarse; pero tengo la certeza de que nada de lo inusual o extraño importa, tengo yo el poder de excusarlo, divertirme por doble partida al recordarlo. Pese a todo lo que vino luego —cuando la enfermedad agravó lo extraño, lo inusual de mi vida con él—, siempre supe que mi padre me quería como quiere un océano, no un mar, oleadas sin orilla; que a él le gustaba yo tanto como a mí él; que sus modos torpes, y más tarde enfermos, no borraban, no invalidaban lo puro de nuestra amistad. A un amigo se le perdona que no te enseñe a nadar, si él es barco. Barco hundido, que ríe incluso con la boca llena de agua.

Vimos la televisión hasta tarde. Jugamos a cambiar de canal para repasar todos los telediarios nocturnos y puntuar del uno al diez el vestuario de las presentadoras. Todavía recuerdo sus puntuaciones, sus comentarios entre feministas y groseros, el elogio y la ofensa eran, en su boca, una misma frase. No sé quién se durmió primero, seguramente yo.

Por la mañana la televisión seguía encendida, pero en un canal de radio local, sin imágenes, lo cual confirmaba que él se había quedado despierto –y luego dormido– cambiando canales. Cuando tomé conciencia de estar en la cama de un hotel, y no en la casa de Madrid, advertí que me había despertado el ruido mecánico de unas sirenas. Provenía del canal de radio, pero también, si agudizaba el oído, el *ninó-ninó-ninó* resonaba desde la ventana, como un eco de la calle. Me incorporé lentamente, tratando de no despertar a mi padre. Me acerqué a la televisión y bajé el volumen al mínimo. Al parecer, un accidente había ocurrido justo en la esquina de nuestro hotel con la avenida principal. El único implicado y afectado era «un hombre de habilidades mentales reducidas». Se había quedado atrapado entre dos coches aparcados a escasos centímetros y, según declaraciones del propio hombre, llevaba «allí clavado toda la mañana».

—Es más, el hombre sostiene que nadie ha tratado de atropellarlo, que él es «artífice y víctima de su propio accidente».

Aquella descripción −que la locutora de radio, por su titubeo, parecía leer sin ocultar su sorpresa− tenía la lógica irreal de los sueños, más que de las cosas y seres despiertos. Me levanté, fui hacia la ventana, corrí la cortina opaca y se hizo la luz en nuestra habitación. Miré la cara de mi padre: el sol iluminaba los surcos y plisados de su tez. Pero no había luz solar ni ruido de sirenas que lo despertasen: subí las persianas y abrí la ventana de par en par.

Apenas alcanzaba a ver la esquina de la calle, solo si asomaba el tronco entero y me arriesgaba a caer, a convertirme yo en *artífice y víctima de mi propio accidente:* aquella expresión, la idea misma, permanece conmigo hoy. De puntillas, estirando el cuello al máximo y bien cogida al alféizar de la ventana, mantuve la mirada atenta a las personas que se movían por la zona. Vi, entre otros curiosos, los cuerpos alargados y elegantes de Andrew y Sonya Kopp. Lentos, sin dirección. Sonya vestía una bata de casa rosácea, tenía las piernas desnudas y llevaba las mismas botas negras de piel que la noche anterior. Andrew parecía un pollo turulato, una polilla desorientada, envuelto como estaba en el albornoz del hotel: en un bolsillo se veía la *C* dorada que también adornaba la fachada del edificio. ¿Qué hacían Andrew y Sonya allí, entre paseantes entrometidos, policías municipales y –me pareció– personal médico? Estos últimos trataban de convencer al hombre aparentemente atropellado de que se metiese en el hotel, o bien en la ambulancia, para llevar a cabo un chequeo de algún tipo. Yo no veía al sujeto en cuestión, lo tapaban las personas que intentaban hablar con él, y me era imposible inclinarme más para ganar perspectiva.

Sonya era doctora, recordé. No en filosofía o historia –como lo eran mi padre o Andrew– sino de verdad doctora. Habría oído el barullo afuera y habría salido, con su marido, a ofrecer ayuda. Me mantuve a la espera, observando la escena. Y advertí que, en realidad, los Kopp se apartaban de la barahúnda progresivamente. Vi la desesperación, incluso el horror en la cara de Sonya: no digo *confusión* porque no parecía confundida. Tenía el rostro de saber exactamente qué sucedía y, sin embargo, no poder actuar. Su máscara seguía siendo la frialdad, pero en su compostura había una lucha por controlar la pasión ante lo que sucedía aunque, en principio, le fuese ajeno. Quise despertar a mi padre para que me ayudase a comprender –si me abstraigo de la historia, y miro esta frase, puedo decir que resume toda mi infancia–, pero él por las noches solo se dormía con sobredosis de Orfidal, así que cuando despertaba al fin, seguía grogui durante una hora: no funcionaba hasta el mediodía. Antes de decidirme a hacer una cosa o la otra, oí las carcajadas dementes del

hombre: seguía inmóvil entre ambos coches, pese a poder salir de aquel encaje sin impedimentos, si quería, si colaboraba consigo mismo y con los servicios de emergencia. Yo solamente lo veía de espaldas, pero los gritos los emitía aquel cuerpo trastornado y caprichoso, no había duda. Andrew le dijo algo a Sonya y él se volvió adentro del hotel. Ella quedó clavada en el sitio, de espaldas al montón. Creo que fue un instinto, más que una intención concreta: me armé de zapatos y abrigo por encima del pijama y salí de la habitación. Corrí escaleras abajo.
—¡Virginia!
Era la voz de Andrew. Me detuve en el primer escalón. Él acababa de llegar con el ascensor a nuestra planta.
—Virginia, ¿está despierto, tu padre?
Negué con la cabeza, y Andrew pensó durante unos segundos, aunque mantuvo sus ojos fijos en mí, como si no le estorbase atender a un objeto externo cuando se requiere concentración interior; como si, un día después, mi físico todavía lo impresionase y paralizase. O como si, realmente, no supiese cómo proceder y *yo*, el objeto externo, pudiese tener la respuesta.
—Oye, ¿qué pasa afuera? —pregunté, porque él seguía callado.
—Es Bertrand. Lo has visto, ¿no? El pobre está montando uno de sus shows —dijo, y yo no comprendí. Me hizo entrar en el ascensor, pulsó el bo-

tón de la planta baja–. Sé de sobra que tu padre por las mañanas es un zombi. Mejor dejemos que se despierte solo. Si tú supieras qué noches y qué mañanas he pasado con Juan en Viena, y en...

El tono anecdótico, mundano, de Andrew contrastaba de un modo algo grotesco con la cara de Sonya: ella nos esperaba abajo, angustiada, nada más abrirse las puertas del ascensor. Ante su rostro mortecino, la alegría implacable que yo creía la mayor cualidad humana, y que sin duda personificaban seres como Andrew o mi padre, era una gran burla. Desconsideración, perversidad pura frente a la expresión sufriente de seres como Sonya.

–¿Y Juan?

Sonya se dirigía a Andrew. Tenía los brazos extendidos y ambas manos abiertas, suspendidas. Antes de responder, Andrew me hizo un gesto deferente para que saliese yo primera del ascensor.

–Juan no es muy operativo por las mañanas, que digamos –dijo, y me guiñó un ojo, de perfil–. Pero Virginia se parece muchísimo a su padre. Si se la llevamos..., si se la presentamos a Bertrand tal vez surta algún efecto.

Quién era Bertrand, y por qué nos relacionaban a mí o a mi padre con él, no se me ocurrió preguntarlo. Tampoco me dio tiempo a asombrarme de esto: de pronto Sonya parecía no odiarme, y verme ahora como un instrumento estupendo y útil, en lugar de una adolescente innecesaria.

Salimos al exterior y seguía siendo febrero. Pero el viento frío, cortante, no helaba como la madrugada anterior. Sonya y yo seguimos a Andrew, él caminaba delante, calvo, suave, etéreo como una pelota saltarina. Me pareció ver que Sonya examinaba mis pies semidesnudos, que juzgaba mis zapatillas de casa. Pero ella iba en bata: no sé por qué me intimidaba tanto Sonya.

Sonya, que en realidad no decías palabra, no emitías ningún juicio, solo apretabas la mandíbula contra tu voluntad y de vez en cuando posabas los ojos en alguna parte de mi cuerpo. Era tu tensión silenciosa lo que me transmitía una ansiedad desconocida, y más aún que Andrew decidiese pasarla por alto, dejándome a mí de única receptora.

Estábamos muy cerca del barullo de gente cuando Sonya se me adelantó, se puso al lado de Andrew y le dijo en inglés:

—Lo que te pedí es que *buscaras a Juan.* No creo que esto funcione. ¿Qué edad tiene ella, por Dios?

Ni siquiera susurró. Y Andrew ya estaba entre dos policías que lo habían estado esperando, según parecía. Si le contestó a Sonya, no oí la respuesta.

Por alguna razón, nosotros tres teníamos autoridad para adentrarnos en aquel grupo, para acceder al centro del cual todos —personal del hotel, paseantes anónimos dispuestos a ayudar— estaban pendientes. La escena que nos topamos, o con que me topé yo por primera vez, era tan extraña que, si soy honesta con quien lee, es inútil describirla en detalle. Era *absurda,* y el atributo principal de lo absurdo es que no se dobla, no se adecúa a la forma que tienen las palabras: no se deja torcer, ningunear, para entrar en los circuitos mentales con que habitualmente entendemos, y explicamos, lo que hemos visto. Lo que vi era incomprensible, no solo a primera vista sino también tras aplicar los poderes de la razón.

El hombre cuya espalda yo había visto desde la ventana seguía en la misma posición, inmóvil y encallado entre el culo de un coche y el morro de otro. De cerca, era obvio que no le resultaba tan fácil salir de allí, aunque desde la ventana me hubiese parecido que sí, que solo se trataba de una trastada sin sentido, sin peligro. De hecho, ahora resultaba increíble que siguiese vivo, que gesticulase con la boca y dijese palabras en inglés y en español, sueltas y en parte inaudibles, pese a tener el estómago prácticamente comprimido a unos centímetros de grosor. Como si no tuviese huesos, o sus órganos fuesen elásticos de más, plastilina que se reduce cuanto más se aprieta dentro de una mano. Pero no era un hombre pequeño, escuálido, de anchura y peso equivalentes a una hoja de papel: este era un ser con carne, músculos grandes y tersos, piel pálida y pelos casi albinos, con porte de boxeador: ¿cómo podía respirar, *hablar,* en aquella posición? Es cierto que su torso, sus pulmones, no estaban obstruidos. Pero en su rostro no había ni rastro de autoconciencia, ni de voluntad por liberar su estómago de la presión y salir de allí. Este era el hombre a quien Andrew y Sonya se habían referido como *Bertrand;* a quien las noticias habían descrito, en definitiva, como un tonto encallado entre dos coches aparcados.

—No te asustes.

Al principio no supe quién me hablaba. Solo me alegré de que alguien más reconociera, dijera en un susurro, que lo que teníamos delante era de espanto.

—Quiero decir, es algo que hace a veces.

La voz era de Andrew. Cuando me hablaba en español, y no en inglés, su tono era casi irreconocible.

—Le gustan este tipo de espectáculos. Nuestro querido Bertrand es *performer*.

Aquella explicación no tenía sentido. Casi todo lo que decía Andrew era ambiguo, o estaba deformado por la ironía, pese a su semblante serio y transparente de profesor Kopp. Su manera de expresarse me intrigaba, pero lo malo era que luego no se explicaba, te dejaba a ti sola interpretar su humor, y no descarto que en realidad no hubiera nada tras sus incisos breves y supuestamente tronchantes.

Me acerqué más, quería ver al hombre, y su cara me llamó la atención de inmediato: no era el rostro de alguien con síndrome de Down; ni siquiera tenía la mirada, los tics, de las personas autistas que yo había conocido, pero algo inusual sí había en la redondez de su mandíbula y, sobre todo, en el hueso de la frente: parecía un hueso doble, partido en dos, como si en lugar de cráneo humano tuviese dos cuernos redondeados, limados, bajo la piel. También la nariz era esférica, animal. Ninguno de estos rasgos me disgustó, su nariz era más bella que nuestra nariz, sus orejas menos protuberantes que las nuestras. Lo único verdaderamente inquietante –lo que a mí me causó impresión, y me niego a creer que al resto no– era la disociación con su entorno y su felicidad eterna, inmensa, espantosa. Decía frases, una detrás de otra, en inglés, en español y en otro idioma que yo no reconocía, no era una lengua romance ni tampoco alemán; tal vez noruego, o sueco.

Miré a mi alrededor en busca de explicaciones, o de compañía. Había una ambulancia aparcada en la esquina de la calle, pero el personal médico ahora no se acercaba a Bertrand. Tampoco los policías; estaban paralizados por su extraña disertación multilingüe, como si fuese un brujo a quien más vale no importunar, porque su hechizo es para nosotros: escucharlo nos recubre de yeso y extrae del tiempo, y quedamos así, aquí, blancos e inmóviles.

Traté de hacer lo mismo: poner el rostro sereno y atender como si aquel profeta subnormal fuese nuestro predicador, nuestro maestro añorado, pero al cabo de poco rato me resultó imposible. Ante lo críptico y ruidoso, ya digo, se me escapa la risa y, si no tengo cuidado, el desprecio también. Me parecía un lunático, puro y simple. Un loco de manual.

Quise retroceder, volver a la habitación, refugiarme en mi padre, sacudirlo de la cama y narrarle lo que sucedía afuera, tal y como él hacía con todo lo que vivía sin mí. Pedirle ayuda como si todavía fuese la niña que ya no era. Al fin y al cabo, Andrew había subido a nuestra habitación a buscarlo a *él,* como si solo él pudiese hacer algo al respecto, o debiese al menos estar al tanto, observar la situación y desgranar su significado para el resto. Mi padre, es cierto, era el tercer gurú insólito de aquel grupo, junto con Andrew Kopp y este nuevo ser llamado Bertrand.

Sonya y yo estábamos hechas de otra materia, pero de la *misma* otra materia. Por eso sentía antipatía y atracción hacia ella, como ella, creo, hacia mí. A medida que pasaron los días, yo percibí la superficialidad de Andrew; ella adivinó la de mi padre; y ninguna de las dos lo admitíamos porque queríamos, y en algún sentido necesitábamos, a aquellos hombres sabios e inocentes.

Ella, Sonya, reapareció a mi lado cuando el gentío se dispersó, aunque el accidente, o broma de mal gusto, o *performance,* no había concluido. El hombre llamado Bertrand seguía enloquecido con brazos y gestos al aire, las palmas en cruz, los codos temblorosos y descoordinados. Las modulaciones de su voz eran las de quien expone un discurso razonado, con cláusulas y premisas concatenadas, pero las palabras, las frases y sus conectores eran —lo juro— del todo incoherentes.

—Es idea de Andrew. Ha sido idea suya —dijo Sonya, sin mirarme, pero hablándome a mí—. Dice que tal vez si intentas cogerle la mano, la que mueve sin parar, y le haces alguna pregunta, o sea, si lo distraes, el dueño del coche de detrás se puede meter dentro sin que Bertrand se dé cuenta..., si Bertrand lo ve montará un escándalo y no habrá quién lo saque de ahí en horas..., y así retirará el coche sin que Bertrand lo note siquiera. Si tú te acercas y le das la mano...

Miré a Sonya y ella me devolvió sus ojos blanquecinos por primera vez. Había en ellos una mezcla de esperanza y desesperación, y también un principio de dulzura, una intención de fingir amabilidad. No comprendí su ruego, pero empaticé sin necesidad de entender la petición. Esto me sucedía a menudo con las ocurrencias de mi padre, y tal vez, como los sabía buenos amigos suyos, extendí aquel trato confiado a los Kopp. No pregunté ni juzgué, asentí, actué según se me indicó, compartí inexplicablemente la necesidad o la orden de Sonya.

Y me acerqué al mamífero disertador como quien camina hacia un altar. Evité fijarme en su barbilla con forma de pelota, su boca extranjera, pero, como sucede cuando nos acercamos a un abismo, en lugar de caer de inmediato le aguanté la mirada, lo observé aunque me provocase rechazo, aunque el instinto me pidiese dar marcha atrás, ponerme a salvo. Me precipité y le dije algo, hice resonar mi voz en el abismo, improvisé una frase que sonó como una interrogación o una afirmación insegura. Entonces sus ojos azules, canicas translúcidas, me sonrieron como si me reconocieran. Cesó la vomitada verbal. Dijo:

—Sí, sí. Y desde ayer por la mañana. ¿La quieres ver?

—Claro —respondí.

Su rostro se iluminó con algo que no era luz. Enmudeció. Tal y como Sonya y Andrew habían previsto, el hombre abandonó los razonamientos trastornados que lo habían ocupado durante quién sabe cuántas horas aquella mañana. Olvidó a su público, a sus devotos, y se volcó solo en mí. Examinó mi mano, la mano derecha: la cogió sin reparo, como si fueran los dedos de su madre. De cerca, en la intimidad —aun si esta es artificial, fingida, orquestada—, cuando piensan que los queremos, ni siquiera los seres salvajes son peligrosos, desaprenden a atacar, y los locos salen de su cueva, de su laberinto y religión. Pero el hombre llamado Bertrand pasó a explicarme algo que tampoco era inteligible; aunque el tono, la velocidad que coordinaba sus palabras era más sosegada. Incluso algunas frases sueltas –de un solo verbo, oraciones simples– tenían sentido.

–Las esculturas son efímeras.

Todas sus expresiones seguían una estructura gramatical, pero –y esto era lo desolador– las palabras concretas siempre eran desacertadas, arbitrarias: el sustantivo, el verbo, el adjetivo, los complementos parecían ser escogidos con una lógica interna, que sus ojos de canica conocían, pero a la que nosotros, o al menos yo, no podíamos acceder.

–Las esculturas son efímeras –repitió. Él creía, sin duda, estar diciéndome algo–. Los ecosistemas en sí mismos no, pero las estatuas tienen el peso que podemos soportar, lo verás, creo que sí, en un instante.

Yo me dedicaba a asentir con la cabeza, a fruncir el ceño para indicar escucha activa, emitir interjecciones y expresar, con mi sonrisa casual, pleno seguimiento de su discurso.

–No es lo infatuado sino lo contrario. Lo veremos bien si compartimos un caso en Afganistán. Pero en todo caso son efímeras, las esculturas. Eso creemos.

Se me ocurrió días más tarde, ya de vuelta en Madrid, que las frases de Bertrand parecían siempre imitaciones de discursos académicos; el ritmo y la modulación eran los de las frases explicativas, a veces esclarecedoras y a menudo pedantes; imaginé, sin fundamento alguno, que tal vez el cerebro deficiente de Bertrand reproducía la cadencia y la dicción de las frases que oía a hombres como Andrew Kopp cuando les daban un estrado, aun cuando, como digo, el contenido de lo dicho era nulo, y aunque no sé si personas como Bertrand asistían a simposios o conferencias; se me antojó que la pura existencia de Bertrand era una broma exacta y cruel contra los sabios inocentes, una comedia filosófica sobre la vacuidad, la inconsecuencia del conocimiento de todos los profesores Kopp del mundo, simpáticos y adorables, inofensivos o no.

Dejé de escucharlo al rato: esa es la verdad. Cosa que no me honra. Pero dejé de escucharlo y bloqueé activamente cualquier sonido proveniente de allí, de aquello. Ignoro, todavía hoy, la manera de mantenerme inmóvil, puramente atenta, ante el sinsentido impuesto por otro. Tengo que hacer algo, o descifrarlo o destruirlo, o reinventarlo o correr. Descifrarlo lleva tiempo y es el deber de las observatrices, aunque tú hayas desertado, Sonya. Yo quería la tuya solamente, pero mi mano, en aquel momento, seguía aprisionada en la de él, y lo único que pude hacer fue escapar con la mirada: apartar mis ojos de su torrente de frases.

Constaté así que el conductor del coche que asfixiaba a Bertrand —milagrosamente, sin llegarlo a asfixiar— empezaba, en efecto, a desplazar el vehículo hacia atrás. Bertrand, absorto en nuestra conversación o monólogo de besugos, no se daba cuenta de nada. Para no alarmarlo, para no encender su sospecha, aparté mi mirada del coche que se retiraba poco a poco. Le apreté la mano con fuerza para que no sintiese que lo abandonaba, y miré disimuladamente tras de mí. Quería ver si Sonya o Andrew o mi padre me daban alguna señal, indicaciones sobre cómo proceder.

Pero de pronto estábamos solos, Bertrand y yo, en la calle de febrero. Esa sensación tuve hasta que ambos, Sonya y Andrew, lo agarraron por detrás, donde antes estaba el coche. Lo atraparon sin violencia, y él no opuso resistencia, se dejó, manso, obediente, y sin quitarme los ojos de encima. Andrew me pidió con un movimiento discreto de cabeza que no dejase de interactuar —o fingir interactuar— con Bertrand. Cuando entramos en el hotel los perdí, los Kopp se lo llevaron y no me dieron ninguna explicación: a mí, que lo había salvado, rescatado con mi amor inmenso de mentira. ¿Adónde se llevaron al artífice y víctima de su propio accidente, a mi misterioso deudor? Salí al rellano de la entrada, los últimos curiosos terminaban de irse, un policía municipal hablaba con el conductor de la ambulancia, pero de pronto me sentí agotada, mareada y muerta de frío. Mis piernas blancas eran puro hueso. Lo último que recuerdo fue tener la intención de acercarme a la pareja de hombres en sus respectivos uniformes, el conductor de la ambulancia y el policía, querer sus explicaciones y su consuelo, pero concluir por alguna razón que mis palabras serían incomprensibles o, aunque comunicasen algo, sencillamente vanas, porque ellos también desaparecerían, estaban y no estaban, verlos no era garantía de que, al dar un paso para cogerles la mano, siguiesen allí. Y mi padre seguiría dormido, en otro lugar.

II

No hizo falta que pasaran muchos días. Pronto me percaté, una vez más, y como en cada visita, de que los amigos de mi padre nunca eran pobres.

No quiero dar a entender nada malo. Al contrario: a mí me gustaba ver a gente como los Kopp porque todo eran extravagancias, festines, conversaciones ociosas, sucesos inesperados.

Además, el éxtasis de lo mundano existe para hacernos olvidar la muerte. O esto digo porque eso me sucedía a mí. Los viajes, las celebraciones, aligeraban mi carácter fastidioso que, incluso a los diecisiete años, me hacía aferrarme a lo ordinario y necesario, deshacerme de lo que solo tenía peso aparente y no cierto como el mármol, despreciar sin miramientos la mayoría de las actitudes, afirmaciones o personas ligeras. Hoy sé que eso —creer dignas, solo, a las esculturas— era mi conciencia de la muerte. Y seguramente de la muerte de mi padre.

No dejaba de sorprenderme, sin embargo, que

todos aquellos seres agradables y divertidos pertenecieran a una, y solo una, clase social. No había ostentación, ni mucho menos lujo, en Andrew o Sonya Kopp, pero era evidente el tipo de vida que llevaban: una fuera de lo común, llena de privilegios exclusivos y por ello mismo faltos de interés, vanos aunque bellos, placenteros y —para mí— ocasionalmente reveladores.

Eran una pareja rara, además. Los Kopp parecían amigos, hermanos quisquillosos, bromeaban y se peleaban sin consecuencias, se insultaban sin cuidado y sin rencor posterior. Nunca los vi besarse ni cogerse de la mano, pero se mostraban deferentes el uno con el otro: Andrew le retiraba la silla a Sonya antes de sentarse a la mesa, Sonya se lo agradecía discretamente. En el fondo llamaban mi atención sus modales, algo mecánico para ellos pero significativo para mí, eran seres de otra época, con códigos de comportamiento y educación que en generaciones posteriores, como la mía, ya apenas existen. Por mucho que percibiese, también, su mundanidad, sus formas me hacían admirarlos, quererlos. Debían de tener la edad de mi padre: pero en aquel viaje al norte él aún no era completamente senil. El hombre más antiguo y más joven. Esa fue la contradicción, más adelante: que los ojos alertas —ojos de conejo enérgico, despeluchado, inmortal— pudiesen apagarse, enfermarse, hibernar para siempre.

Cuando me desperté a la mañana siguiente, lo

primero que sentí fue alivio. De estar en la cama, sin más ruidos que el tráfico de la avenida principal. De comprobar que a mi derecha él dormía, roncaba hasta arriba de somníferos, el cuello de la camisa cubierto de ceniza, como cada mañana. La televisión estaba encendida en un canal de tarot. No había ni sonidos de ambulancia ni luces de policía afuera. Lo de la mañana anterior podría haber sido un sueño, excepto porque un par de horas más tarde, cuando se despertó y se aseó –agua en la cara, en el pelo gris, nada de ducha–, me miró fijamente y dijo:

–Oye, te pediré que tengas cuidado. Lo de ayer, bueno, ve con un poco de cuidado.

Él no había estado presente, no había bajado a la calle: ¿de qué me alertaba? A veces pienso que mi obsesión con las palabras –mi necesidad de golpearlas, de pedirles lo que desconocen– es el resultado de momentos como ese, de mis interacciones con seres de pocas palabras y muchos sobrentendidos. Mi padre solía decirme, de modo declarativo, que *tuviese cuidado*. No creo que en esto fuese distinto a cualquier padre que se preocupa de modo preventivo, acaso innecesario. Más allá de las palabras, sin embargo, nosotros quedábamos a la deriva. Él me *pedía* que me protegiese, pero con miradas de compasión, expresiones de inquietud exagerada, sin enfrentarse conmigo a los abismos. Él tenía más miedo que yo, ante el abismo. Y no sabía si se retrocede o se salta, si se ataca o se escuda uno, si la voz y el amor sirven de algo o si, por el contrario...

—Ayer noche Andrew y su mujer me explicaron lo que sucedió por la mañana. Yo debía de estar dormido todavía, ¿no? Perdóname.

Cada vez con más frecuencia, además, mi padre decía aquello: *perdóname*. ¿Por qué? Yo no necesitaba perdonarlo, no lo culpaba, solo me quejaba cuando me sentía desprotegida, como hace cualquier cría de cualquier especie animal. En aquel momento, además, sus palabras de advertencia me parecieron suficiente, las acepté y me animaron, aun sin saber muy bien qué me quería decir, de qué se lamentaba, o con qué debía yo tener cuidado. Hoy desayunaríamos con los Kopp: recordar esto me alegró.

La tarde anterior habíamos paseado por el barrio, los dos solos. Habíamos recorrido la alameda y clasificado las plantas y flores de los jardines que nos encontramos: mi padre conocía casi todos sus nombres, no sé por qué, no era ni ecólogo ni botánico ni florista. Al adentrarnos y seguir los puentes laberínticos de la alameda, descubrimos estanques cada vez más pequeños, con flores y bichería distinta, como si fuese el equivalente, en jardín, de una muñeca rusa. Nos perdimos entre los paseos silvestres que llevaban de un estanque al siguiente, pero como habíamos estado apuntando el nombre de las flores y recordábamos su aspecto, nos guiamos por los colores y las formas más que por la dirección, y encontramos el camino de vuelta al hotel.

Yo había decidido no explicársela, la mañana: olvidarla a través del paseo violeta y amarillo. Andrew y Sonya no nos habían acompañado en nuestra expedición, tenían la tarde ocupada con entrevistas y la rueda de prensa sobre el premio de Andrew. Solo más tarde, cuando yo ya dormía, los Kopp y mi padre habían tomado algo en el bar, me contaba ahora él, Andrew, con quien nos reunimos en el vestíbulo para desayunar en el restaurante del hotel. Le pregunté, nada más verlo, por qué y adónde habían desaparecido el día anterior por la mañana, con el hombre retrasado, tras el altercado en la calle.

No lo llamé así. Dije *Bertrand*, sin saber por qué, eso no significaba nada para mí, tenía más sentido llamarlo *hombre retrasado*. Pero a mis preguntas Andrew no respondió.

—Es *artista* —fue lo único que dijo—. Habla con él. Ya verás. Te lo explicará todo muy bien.

Volví a la habitación para ponerme zapatos en lugar de zapatillas, me pregunté qué era «todo» eso que Bertrand tenía que explicarme «muy bien», y me supe, de antemano, sin ganas de volverlo a encontrar.

En cuanto bajé para reunirme con todos en el restaurante lo vi a él, al hombre llamado Bertrand, sentado en nuestra mesa. Estaba entre Sonya y Andrew, y los tres enfrente de mi padre y de una silla libre que, supuse, era la mía. Cuando Andrew me vio llegar, volvió a dirigirse a mí:

—Era obvio que tu padre no se despertaría a una *hora normal* para desayunar, pero que tendría hambre al despertarse, aunque todavía no sería, tampoco, la hora de comer. El personal del restaurante ha sido tan amable de alargar el bufet del desayuno hasta ahora, así que estrictamente esto es un desayuno-comida: un *brunch,* como decimos nosotros. Gracias de nuevo.

Un joven vestido de negro —el responsable de cocina, supuse— asintió, sonrió, creo que hasta se sonrojó.

—Son nuestros clientes estrella esta semana —dijo el joven—. No hay de qué.

El chico sonrojado era guapo. Cortés. Logró decir aquello sin un retintín cursi o impostado. En la tripa algo se me contrajo. Quería hablar, tocar al chico en cuestión, fingir la misma alegría despreocupada de Andrew, quería ser una Kopp más, acercarme a todo sin prejuicios y también sin escrúpulos. Tener derecho a actuar porque sí, sin razón y sin más consentimiento que el mío. Busqué en los ojos del chico una curiosidad, un deseo similares, pero no vi nada más que compostura y rigidez profesional.

Esto me sucedía desde hacía poco, durante los últimos meses: sentía un pinchazo en el abdomen, identificable como la necesidad, repentina y caprichosa, de un contacto físico particular. Con hombres exclusivamente, nada de mujeres. Los abrazos de esos hombres, sus manos apretando las mías, eran siempre mi objetivo. Todo lo verdadero —la desprotección, el tiempo, la muerte— desaparecía al contacto con pieles ajenas.

–*Querida,* te presento a Bertrand. Aunque ya os conocéis. Ayer empezó a explicarte su proyecto, ¿recuerdas? Ha venido con nosotros desde Londres. Bertrand, te presento a Virginia: es la guapísima hija de nuestro amigo Juan.

Andrew se volvió hacia mi padre. Cambió de expresión y habló como si el resto no estuviéramos allí:

–¿Te siguen diciendo aquello de que parece más tu *nieta* que tu *hija,* y tú su abuelo?

Mi padre se rió y asintió, mostrando algunos dientes, escondiendo algunos dientes. Era un hombre tranquilo, seguro de sí, discreto: a su lado Andrew era histriónico. Nunca se sentía ofendido, y se ocupaba activamente, en situaciones sociales como aquella, de que todos estuviesen cómodos: era siempre amable, siempre acogedor. Me miró todavía sonriente, como para compensar el modo que tenía Andrew de hablar de los presentes en tercera persona.

–Ayer –dijo mi padre, hablando para todos–, el taxista que nos trajo del aeropuerto hasta el hotel nos confundió con una pareja. ¡Me llamó depravado sin decirlo!

El chico –el responsable de cocina, o camarero– se había quedado cerca de nuestra mesa y cuando oyó aquello también se rió. Se acercó un poco más, me pareció, para mirarme la cara. Me sorprendió su indiscreción y también mi propia reacción contrariada, mi rechazo, cuando minutos antes solo había deseado que me mirase. También Sonya me miró, fugazmente. Ella no se reía.

Pero sobre todo el hombre llamado Bertrand se quedó observándome durante varios segundos más que el resto. Mi padre empezó con sus tostadas, huevos, fiambre; Sonya miraba los alimentos con un poco de recelo, como si entre toda aquella variedad expuesta en la mesa no encontrase su desayuno habitual. ¿Qué hacía el loco allí, de nuevo entre dos cuerpos, encajonado entre dos masas; de qué conocía a Sonya y a Andrew, y por qué ellos mismos lo trataban con cercanía y normalidad? ¿Había venido *con ellos* desde Londres, había dicho Andrew?

No podía ser yo la única que lo percibía –incluso mi padre me había dicho *ten cuidado* pocas horas antes–: algo siniestro había en aquella criatura, en el hecho de que estuviese entre nosotros y hubiese que tratarlo *como a un igual*. Como él no dejaba de mirarme, hipnotizado –¿me reconocía, admiraba, echaba un mal de ojo?–, y tal vez por no sucumbir, no subyugarme ante la incomodidad creciente, me permití observarlo yo también.

Su cara parecía más serena que el día anterior,

los músculos no tan contraídos. Sus labios permanecían pegados, sellados sin fuerza, y las canicas que tenía por ojos hoy eran menos artificiales. Estaba recién duchado: alguien olía a champú, y sin duda no eran Andrew, Sonya o mi padre, que olían a una mezcla de tabaco y muebles de madera. Una raya al lado, de esas hechas con peineta y gomina, separaba en dos su pelo fino y rizado. Iba, en cualquier caso, aseado. Mejor dicho, parecía un muñeco al que *han* acicalado: era imposible que él, por sí mismo, se pudiese arreglar, mirar al espejo y corregirse el aspecto, pensar qué efecto causaba en los demás. Y su atuendo, por el contrario –de momento solo le veía el tronco–, era el mismo que el día anterior. Una camiseta blanca de manga larga y, por encima, en lugar de una chaqueta, otra camiseta verde de tirantes, como si se hubiera confundido de orden y puesto por encima la camiseta interior. Pensé en lo que Andrew había dicho: *Es artista*. Los artistas hacen las cosas de otro modo, incluso del revés, de acuerdo. Pero tales maniobras tienen un sentido interno: hay un propósito desconocido que las ordena. A mí me parecía, tal y como había dicho la locutora de radio, que estaba frente a un disminuido más que un artista. Sus múltiples rarezas –su manera de observar, su ropa, el modo en que estaba sentado y petrificado– eran arbitrarias; carecía de interioridad, de propósito desconocido, la criatura Bertrand.

Me levanté de la mesa: supe que aquel intercambio mudo –él mirándome, yo mirándolo– no llevaría a ningún lado y que no, no, tampoco me apetecía seguir el consejo de Andrew y *hablar con Bertrand*. ¿Hablar con Bertrand de qué?

Caminé hacia el bufet. Estábamos nosotros cinco solos en el enorme salón, aparte de una familia con dos niños de apariencia formal, silenciosos. Tal vez ellos también eran huéspedes estrella, o se habían despertado tarde y unido al *brunch* improvisado para Andrew y Sonya Kopp. Los Kopp los habían saludado cuando la pareja, con los niños como soldaditos de plomo, había entrado en el restaurante. Conocían a todo el mundo, o tal vez era al revés: todos los reconocían a ellos, y los Kopp agradecían el reconocimiento con expresiones cálidas e impersonales.

Me concentré en la zona de dulces: observé la repostería, la bollería humeante. Escogí una ensaimada, un brioche, una herradura de chocolate y varios pasteles de canela. Viviendo con mi padre, me había acostumbrado a comer todo lo que me gustaba: todo lo malo. Pero mi atención estaba en otro lado. Permanecía allí de donde había querido escapar, porque eso significa a veces escapar: quedarse. Me preguntaba por Bertrand. ¿Por qué sentía que lo había *abandonado,* y por qué, el día anterior, había sentido que me había abandonado él a mí, que se lo habían llevado cuando, en realidad, me pertenecía? Bertrand era un desconocido: ¿por qué tenía yo estos pensamientos con respecto a él, y él solamente? Parecía salido de una parábola bíblica o una leyenda alemana, y sin embargo estaba allí, entre nosotros, como uno más, Bertrand.

Bertrand nos acompañó durante algunos días de la vida, en retrospectiva, tan imprevisible y convencional que llevaba con mi padre: mis días con los Kopp. Parecía, en realidad, estar *escoltado* por ellos, a su cargo y cuidado. Y yo presentía, sin explicarme por qué, que Bertrand iba a molestar. Iba a dificultar unos días destinados a ser vacaciones robadas, clandestinas, algo que con mi padre sucedía a menudo: yo me saltaba las clases del colegio, él sus clases de la universidad. Siempre que no se lo dijese a mi madre —y yo callaba, obedecía al rey de los conejos— nos escapábamos a algún lugar de la península. Mi madre nos abroncaba a él y a mí, por teléfono, al enterarse. Pero lo hacía de modo abierto, sincero, y luego —si habían volado malas palabras— invariablemente arrepentido. El modo que tenía él de insultarla era más perfeccionado, más sutil: le provocaba el dolor que ni siquiera se siente porque se desconoce; prefería el ocultamiento, no la ofensa; el silencio, no la palabra.

El silencio de los conejos: ¿quién culparía al conejo, si al mirarlo solo topamos con una cara diminuta, sin odio o intención? De pequeña, a menudo fui el misil del conejo. Aparte de su hija, amiga, acompañante. Y, cuando cumplí los dieciocho y él

45

enfermó, su madre y su mujer. La reina coneja. Dos conejos en un barco, y nadie más, hacia dónde no lo sé, pero sé qué sucedía allí, durante cada travesía, qué aprendía en cada puerto.

Viviendo con él, en definitiva, y antes de los dieciocho, debí de saltarme un tercio de días de clase. Aprendí, vi, viví otras cosas; esta fue una de nuestras últimas escapadas; y Bertrand, la última de esas cosas.

Volví a la mesa con un plato a rebosar de dulces, mi padre rió cariñosamente y aprobó mi elección. Sonya bromeó acerca de algo que no oí. Hablaba con mi padre. Le ofreció un poco de su ensalada de tomate, espinacas y cuscús, «comida normal», dijo, y él respondió:

—¡Yo no como paisaje!

Los Kopp se sorprendieron antes de echarse a reír con la boca abierta, los ojos viejos y apretados: no le habían oído aquella broma antes. Que no era una broma, que no comía nada vegetal o remotamente verde, solo lo sabía yo.

Al sentarme, advertí que alguien había movido nuestras sillas hacia la izquierda. Yo quedaba frente a Bertrand de nuevo, pese a haber desplazado mi asiento antes de levantarme a por provisiones. Al contrario que el resto, Bertrand no rió ante el chiste de mi padre. Yo tampoco. Y nos miramos fijamente durante unos segundos. Me propuse no permitirle inquietarme: que su presencia queda, musculosa, amarillenta, no me pusiera en guardia. Sus ojos de títere, translúcidos. Y de pronto, mientras yo concentraba todas mis fuerzas en ese objetivo, en ese desafío, Bertrand le dio un zarpazo a mi plato. Se llevó dos o tres pastelitos de canela, sin apartar las canicas de mi cara. Tras el golpe de su puño enorme en el plato, un cuchillo plateado saltó, me rebotó en el pecho y aterrizó en mi regazo. Pasó todo muy rápido. Y por suerte era redondo, no puntiagudo, el cuchillo.

Todos lo vieron. Nadie dijo nada, ni siquiera mi padre, solo alzó las cejas denotando alivio cuando la travesía del cuchillo terminó sin daños. Yo me sobresalté, pero con retraso.

Esta fue la segunda vez que los Kopp actuaron como si no presenciásemos una anomalía por culpa de Bertrand. La conversación –que no recuerdo; tenía que ver con la universidad y unos amigos de mi padre y de Andrew– continuó al margen de Bertrand y sus monerías, y por alguna razón yo había sido la escogida para soportarlo, darme cuenta de él, hacerme cargo de sus impulsos. Devolví el cuchillo a la mesa y vi, sin querer mirar, cómo Bertrand deshacía los pasteles de canela antes de comérselos. Quitaba una a una las capas de hojaldre, las dejaba ordenadamente en el borde del plato. Luego agarraba el corazón de canela con toda la mano, estrujándolo como si fuese algo menos pegajoso, y se lo metía en la boca. *Zas.* No lo mordía, no comía un trozo. Entero, adentro, *zas*. Luego masticaba lentamente. Repetía la maniobra.

Sé que exhalé en silencio –porque exhalo ahora, así, al recordarlo– y miré a mi padre, a los Kopp y a mi alrededor. Acepté que nadie iba a hacer nada. Agradecí, al menos, que ese día no hubiera cascada de frases extrañas y chirriantes. Eran Andrew y mi padre quienes participaban de las palabras ese mediodía. Ni Sonya intervenía, su atención flotando sobre un té y la ensalada de cuscús, los ojos escondidos allí, entre los granos de trigo. De vez en cuando, desde su nube terrestre, Sonya miraba a Bertrand, y no precisamente con la indiferencia y naturalidad de quien está en las nubes. Pero apartaba sus ojos de él al instante, sobre todo si advertía que yo la miraba. Entonces permanecía despreocupada durante unos minutos, sin esfuerzo aparente, de vuelta en su nebulosidad, hasta que de nuevo lo miraba, y me miraba, y yo los miraba, y vuelta a empezar. Y Andrew y mi padre, a lo suyo.

Tal vez fue el desayuno más incómodo de mi vida. Todo era indeterminado, indefinido, indescifrable. Y como nadie parecía alarmarse, yo no podía preguntar *qué estaba sucediendo*. Eso era lo más raro, la moderación con que Sonya y Andrew reaccionaban a los movimientos repentinos de aquel hombre, a su comportamiento distinto del nuestro, que era educado y social. Aquel hombre sin identidad, sin contexto, y sin embargo presente y existente en igual medida que nosotros, seres descriptibles y concretos: una pareja anglosajona, un profesor universitario, su hija adolescente.

Llegó un pedazo de información consolador, al fin. Información que explicaba la mezcla de negligencia y cariño con que los Kopp trataban a Bertrand. ¿Sabía mi padre, por cierto, quién era aquel quinto comensal? Le examiné la expresión facial para averiguarlo, para descubrir mediante él quién era el otro. Y sentí ternura, cuando lo miré. Olvidé a cualquier otro personaje, el rostro de mi padre era el único intrigante. Mi padre, como yo, sacaba provecho de los intercambios frívolos, del contacto con seres como los Kopp, aquello nos recuperaba, nos reintegraba en la sociedad de la que fácilmente nos abstraíamos, pasando días sin sustento ni estímulo exterior. Y bastaba un encuentro intenso, una impresión poderosa, para retraernos de vuelta al mundo de las ideas; ese mundo lo compartíamos, en silencio, en casa. Las salidas, las aventuras, eran una pausa y un descanso necesarios. Y la idea de su amistad con Andrew me gustaba: sabía que él, Andrew, quería y apreciaba a mi padre, ¿qué importaba que yo percibiese sus diferencias? Si eran amigos, en el fondo, algo fundamental debían de tener en común. Sonya, mientras tanto, no compartía nada con nadie. Profundizaba, consigo misma, en su silencio. Y llegó, como digo, un pedazo de información consolador:

—Tenemos dos hijos, sí, sí –oí decir a Andrew–. Juan, tú solo conocías a Bertrand, creo que con Andrew Junior nunca has coincidido. Si venís a Londres pronto...

Andrew me miró, alerta. Como si recordase repentinamente que yo estaba allí. No: me miró porque, aunque fingía hablarle a mi padre, quería que lo escuchase yo:

—Bertrand... Bertrand viaja más que Andrew Junior, sin duda. La semana que viene se marcha a El Cairo. Tiene una conferencia y una inauguración. Ha venido con nosotros esta vez porque su agenda está sorprendentemente libre durante una semana. —El semblante de Andrew era totalmente serio, ni una arruga de expresión irónica o teatrera, pero no pude evitar reír cuando dijo–: La mujer de Bertrand no ha venido con él. Pero ya la conoceréis en otra ocasión. Es una mujer... Os lo pido: venid a visitarnos a Londres.

Debí haber reprimido mi carcajada: lo supe de inmediato. Pero reí por nerviosismo, por incomprensión, porque el absurdo no hacía más que crecer, y al mismo tiempo tampoco sentía que todo aquello fueran mentiras, puras ficciones, cuando recordé, en ese justo momento, lo que había dicho mi padre en el avión acerca de Andrew: «Todo lo que dice Andrew es mentira. Todo. Ya verás.» No era una crítica, solo una descripción, expresada además con tierna condescendencia, sin atisbo de juicio moral. Pero de pronto Andrew y Sonya me miraban, inexpresivos. Ofendidos. Los Kopp no fruncen el ceño ni alzan la voz: si se enfadan ponen cara de concha limada por el agua del mar, reprimen las marcas del odio, las expresiones de rechazo o desaprobación.

–¿La *mujer* de Bertrand? –pregunté.

Nunca se me habría ocurrido: los locos como Bertrand podían tener matrimonios, relaciones conyugales. Tampoco me había preguntado, de hecho, qué dice sobre el valor de ciertas convenciones sociales el que no sean universales, y que personas con discapacidades o trastornos mentales no puedan siempre casarse, tener hijos, ser económicamente independientes, etcétera. Dios, no debería haberme reído. Pero me sentía con derecho a protestar, a preguntar, porque era del todo inverosímil, no solo el perfil funcional y hasta exitoso que Andrew pintaba de Bertrand –¿que era *su hijo,* había dicho? ¿Había oído bien? ¿Que se iba a una conferencia a El Cairo, *Bertrand,* el titiritero encallado entre dos coches, vestido del revés?–, sino que, encima, estuviese casado. No era una mentira: era una broma de grandes dimensiones. Pero en cuanto hablé y comprobaron que yo no aceptaba las palabras, las invenciones, los disfraces de Andrew, cuando vieron que yo no entraba en el juego así como así, pasaron a ignorarme de nuevo. Me quedé muda, perpleja, ante la cara del autómata Bertrand Kopp. Y él estaba tan confundido como yo.

Entonces ocurrió: el episodio de la mano. De un modo similar al día anterior, Bertrand volvió a entablar conversación conmigo, algo se encajó en su cerebro de artista impostor y empezó a hablarme como si nada, como si él no me hubiera lanzado un cuchillo y como si yo no hubiera cuestionado su «matrimonio». Entre otras cosas fuera de lugar, me dijo:

–¿La mujer de Bertrand? ¿Yo no soy tu mujer?

Mi garganta se secó de golpe, no pude tragar saliva, cuando vi que imitaba mis gestos, las expresiones de mi cara, el modo que yo tenía de achinar los ojos –como mi padre– cuando hacía una pregunta. No sé si me ridiculizaba, o simplemente me imitaba cual papagayo, cual bebé, sin intención de herir.

Absortos en sus propias historias, los tres adultos me dejaron sola ante aquello. Digo aquello porque Bertrand era una cosa.

Y uno lo aprende luego, más tarde, que es un gran arte fingir no oír la mayoría de las cosas que uno, pese a sí mismo, ha escuchado; entonces yo todavía no sabía negar la palabra a quien me la ofrece. Así que soporté a la cosa Bertrand, me adentré en sus sinsentidos, quise deshacerlos. Traté de explicarle que *no*, yo no era su mujer, de hacerle entender que mi relación con él era puramente casual, circunstancial. No lo comprendió, ni siquiera me prestaba atención, hablaba por encima de mí, empezaba a describirme sus *esculturas* y entonces yo también dejé de escucharlo. Antes de mi deserción, y para explicarle quién era, le repetí tres veces que yo era lo mismo en relación con mi padre que él en relación con Andrew y Sonya. Su hija, o su acompañante. Pero cuanto más trataba de razonar con él, más delirante se volvía nuestro diálogo, y él no me confirmó —más bien tensó la frente cornuda— su vínculo familiar con los Kopp. Se me ocurrió que ni siquiera aquello era verdad, que aquel hombre ni siquiera tenía el atributo concreto de ser *hijo de alguien,* que se había dado a luz a sí mismo, y que los Kopp..., que *todo lo que Andrew decía* era, en efecto, *mentira.*

Milagro envenenado: Andrew cortó la verborrea de Bertrand. Le susurró, aunque lo oí perfectamente:

—Mira las manos de Virginia.

Sonya también lo oyó. Levantó la mirada de su plato, tímidamente, hacia mí. Volvía a estar alerta, y volvía a no reaccionar pese a su estado de alerta. Era como si Sonya fuese muy consciente de algo que Andrew ni siquiera imaginaba, y sin embargo, por alguna razón, debiera actuar con la misteriosa frialdad e irreverencia propias de su marido. Como si fuesen siameses, en lugar de seres con voluntades propias e independientes.

Bertrand obedeció la orden de Andrew (de *su padre,* supongo). Miró mis manos como un perro en celo que oye su nombre, como si *ellas* le hubiesen hablado. Ambas estaban encima de la mesa. Las tomó delicadamente, y las acarició con sorprendente cuidado: yo esperaba otro zarpazo. Sonya observó mi reacción, que fue nula, inexistente, hasta que las aparté de las suyas con mínima brusquedad.

–Quiero una escultura de tus manos.

No. Desvié la conversación, como el día anterior. Pero hoy, en vez de curiosidad, sentía ganas de volver a la habitación o de salir afuera. Cualquier cosa menos permanecer allí. Ahora yo no era fuerte, ni útil. Ahora sentía asco, y hastío. E intuía que Bertrand era una imposición, un abuso, un juguete con forma humana que acabaría jugando conmigo. Me hubiese levantado e ido sin dar ninguna explicación de no ser porque estaba allí mi padre y, por alguna razón, me sentía responsable de él, apenada de dejarlo solo; o tal vez sabía que, por mucho que comprendiese mi huida –mi padre lo *comprendía,* lo *aceptaba* todo–, no se levantaría conmigo. Y diría, cuando yo ya no estuviese, con cariño y sorpresa: «Virginia es un poco susceptible.» Bien pensado, yo estaba en esa situación porque mi padre me había llevado con él –me había *rogado* que fuéramos juntos– a la ceremonia en que premiaban a Andrew Kopp por algún estudio o ensayo sobre los años previos a la Guerra Civil española, creo. Mi padre, sin darse cuenta, me lanzaba a situaciones de las que luego no se hacía responsable: y me hacía responsable a mí, no solo de mis errores, sino también de los suyos:

Ten cuidado. Y decía *perdóname,* después, siempre *perdóname,* y no había nada que perdonar, porque yo no lo culpaba, la culpable era yo.

¿Cuál era el error en aquella situación y qué lo correcto? Al tiempo que me atosigaba con palabras absurdas, Bertrand me volvió a agarrar las manos. De haber sentido menos rechazo habría aguantado más, pero por no dar expresión a la violencia que crecía en mi pecho intervine en la conversación de Andrew y mi padre, corté en seco la basura dialéctica de Bertrand e incluí a Sonya en el grupo:

–Hola –dije en alto. En lugar de quejarme o pedir ayuda, me oí dulce, diminuta, femenina–: ¿Cuál es el plan de mañana exactamente, para la ceremonia?

Mi voz me asqueó. Mi tono dócil. Creo que Bertrand no se percató de la estrategia, de mi escaqueo desesperado, y hoy no entiendo por qué me sigue costando extirparme, arrancarme de las situaciones resbaladizas, por qué permanezco en lo mágico y dañino. Andrew, presumido y brillante como nunca, alzó las cejas y tragó lo que estaba masticando para responderme. Se alegraba de mi interés, lo engullía. Y aunque mi estrategia había funcionado –ya no estaba *sola* en contacto con Bertrand– sentí una tristeza, una impotencia mayor. Eso se agravó al ocurrírseme que, siendo todo del revés, Andrew y Sonya podrían haber pensado hasta ese momento en que abrí la boca que *yo* era la hija subnormal del grupo, *yo* el elemento imprevisto y desestabilizador. Quién sabe: tal vez fuese así. Tal vez Bertrand no se comportaba como un bebé monstruoso, sino como el digno artista que era, en la estricta intimidad familiar.

Pero ¿por qué traerlo a España, entonces: por qué exponerlo? Tuve la sensación de que todo podía convertirse en su contrario, allí, en cualquier momento, incluido él. Y cuando digo él me refiero en realidad a todos nosotros, y a nosotras también, a ti y a mí.

—El plan mañana es este, querida: nos levantamos *pronto* —Andrew guiñó un ojo a mi padre— y podemos ir caminando de aquí al teatro, ahí es donde se celebra la entrega de premios. O podemos pedir que nos lleven. —Se pasó una mano por la cabeza, como si tuviera un solo pelo que cuidar y acariciar, y nos miró, uno tras otro, a Sonya, a mi padre, a mí. A Bertrand no. Los dientes de Sonya asomaron en una sonrisa, era la primera vez que yo los veía. Ambos huesos, la dentadura de ella y las formas craneales de Andrew, me confirmaban que eran esqueletos humanos—. Ahora bien, si os parece, *mi plan* es el siguiente: ¡llegamos al teatro antes que nadie y nos colocamos en los asientos reservados para los Reyes!

Mi padre abrió los ojos y me los entregó secretamente antes de emitir una risotada. Como si quisiese hacerme saber que su primera reacción era aquella –la perplejidad, incluso la desaprobación–, pero que, por alguna razón, ante Andrew debía reír, reafirmarlo, no contradecirlo.

–Te dije que estaba *loco* –dijo de modo conciliador, dirigiéndose a mí, y al oírlo Andrew lo tomó como un halago. Mi padre confiaba en que yo captara su ambigüedad. Dominaba la doblez del lenguaje, era capaz de decir una cosa y connotar la opuesta, si quería complacer a dos oyentes distintos al mismo tiempo, a Andrew y a mí.

–No creo que podamos colarnos así como así en el teatro –repliqué, y miré a Andrew–. Imagino que habrá seguridad por todos lados.

–Si no hubiera seguridad no tendría gracia –respondió él–. Y no estoy proponiendo que nos *sentemos* en los sitios reservados para la familia real. Solo *dejar nuestras cosas ahí,* como por error, hasta que alguien se dé cuenta, el suficiente tiempo para armar un poco de lío, que pase algo inesperado, antes de la entrega de premios. Si no, será aburridísimo, os lo garantizo. Mirad: llegamos, hacemos la broma y nos vamos a picar algo al hall antes de la ceremonia, que empieza a las doce.

Se me ocurrió preguntar *por qué* había que hacer aquello. Alegué que confundiríamos al protocolo innecesariamente.

–Lo que he dicho. Que si no inyectamos algo imprevisible será una mañana aburridísima –repitió Andrew, y yo miré a su mujer y a su hijo en busca de signos de ofensa, o al menos de desacuerdo. Pero nadie se inmutó, o tal vez tanto Bertrand como Sonya estaban adiestrados para no inmutarse–. A Sonya se lo dije tan pronto nos comunicaron lo del premio: vendríamos con la sola condición de que Juan accediese a venir también, ¡reencuentro en España!, y de organizar el día a nuestro aire, ni una seriedad más de lo estrictamente necesario, ya cumplimos con todo lo serio ayer. Y, bueno, a cambio ella me pidió que trajésemos a B. Idea maravillosa.

«B.» Ahora lo llamaban por la inicial. Me hubiese incomodado que su padre hablase de él así –no solo en tercera persona, sino como una letra o número de identificación– de no ser porque Bertrand era, ya digo, un objeto, y como tal no seguía la conversación ni era capaz de interpretar los significados o burlas implícitas. Lo que Andrew no imaginaba es que otros más allá de Bertrand pudiesen *sentir por él* lo que él mismo no llegaba a percibir. El hombre llamado Bertrand estaba absorto y sonriente, y de pronto me asedió una pena inesperada, un leve dolor en las mejillas y hasta en la mandíbula. Él parecía ensimismado en algo que se murmuraba a sí mismo y, de nuevo, dialogaba con mis manos. Quise esconderlas disimuladamente bajo la mesa, buscar las de mi padre, pero en cuanto me vio moverlas Bertrand protestó con un gruñido animal. Él, príncipe de la lógica incomprensible, del discurso perpetuo, opaco, despersonalizado, de pronto emitía ruidos guturales y cabreados, pero llenos de sentido. Andrew advirtió su rostro desfigurado. Miró a Sonya, le dijo algo con los ojos.

—Virginia, mantén tus manos encima de la mesa —me ordenó ella, como si fuese la voz de su marido, y como si el enfado repentino de Bertrand tuviese que ver conmigo y no con las vejaciones que, tal vez, *sí* intuía en boca de su padre.

Obedecí la orden y la bestia se calmó. No tardó en volver a farfullar quién sabe qué —unos sonidos entre lo humano y lo animal— y Andrew Kopp, incauto, continuó exponiéndonos su plan caprichoso. Mi padre guardaba silencio, pero tenía la espalda recta contra el respaldo de su silla. Estaba más rígido, menos lánguido y despreocupado de lo habitual.

—Entraremos por la puerta trasera del teatro —explicó Andrew—. La que da a los camerinos y bambalinas en lugar de al vestíbulo. Mañana esa parte estará vacía porque no hay ninguna función, el teatro se cierra durante todo el día para la ceremonia: lo he leído esta mañana en el periódico. Además, entre una cosa y otra ayer investigué la zona y, preguntando, me enteré de que las etiquetas se colocan muy pronto por la mañana en cada asiento. Es lo primero que hacen. Entraremos, buscaremos las de los Reyes, y dejaremos nuestras cosas *justo allí*. Saldremos por detrás y entraremos entonces en el vestíbulo, como quien acaba de llegar. A ver qué...

–¡No! –gritó Bertrand, hincando un puño en la mesa y machacando mi dedo meñique.

Emití una interjección, demasiado sonora para el leve daño que me había hecho, pero chillé por el susto, por la impresión ante su nuevo ataque, que supuse, pese a todo, inintencionado. Aquello mismo —ver evidenciada, en mi reacción, su torpeza— avergonzó a Bertrand de inmediato: de nuevo yo sentí más lástima por él que por mí. De pronto los roles se invertían y el malhechor no era el culpable sino la víctima. Yo lo sentía así, porque había algo insólito en su rostro rosa, plasticoso, humillado. ¿*Vergüenza?* Sí, eso decían sus ojos asustados, sus brazos ligeramente elevados y dispuestos a ayudar. ¿A quién quería, a quién *podía* ayudar él? Yo no lo había creído capaz de vergüenza. El bochorno es la máxima expresión de humanidad, es visión crítica y objetiva, no solo subjetiva y parcial, de uno mismo: si me hubiesen pedido hablar de Bertrand antes de esa mañana, lo habría descrito como alguien incapaz de evaluación propia, aunque las causas genéticas o psíquicas de esa deficiencia eran, y permanecerían, ocultas para mí.

El camarero joven salió de la cocina en cuanto oyó los aullidos y los movimientos frenéticos de la silla de Bertrand. Resonaban en todo el comedor iluminado, impoluto, prácticamente vacío. Ahora Bertrand, «B.», quería disculparse, expresarme su arrepentimiento por el puño violento, pero cada intento suyo de hacer lo correcto o lo normal era más desatinado, más desastroso, como si un zorro tratase de imitar los gestos de la paloma que no es, de agitar las alas que no tiene. Comenzó a acariciarme la mano magullada, de un modo pegajoso pero calculado, y sobre todo lleno de esperanza. Me agarró el dedo meñique, hinchado y enrojecido, y deslizó el suyo desde el nudillo hasta la uña, primero despacio, luego cada vez más rápido, mirándome a los ojos para ver mi reacción, para encontrar en ellos, creo, su redención. El camarero ya estaba casi a mi lado, yo veía de reojo su uniforme oscuro, pero no se atrevió a acercarse más.

La compañía, la mera presencia de muchos seres, es insoportable, no solo la de Bertrand. Basta con intuir una existencia interior, una lucha irresuelta en la mirada, las muecas, el tacto de alguien, para que tenerlo al lado se convierta en un infierno, en guerra involuntaria e imprevista. No hace falta que nos ataquen, que el comportamiento evidencie lo que, mirándolos fijamente, nos revelan sin siquiera moverse. Yo me encuentro entre aquellos que reniegan de la lucha un día y al siguiente se lanzan al campo sin espada y sin escudo. El enemigo es insoportable cuando se parece a uno mismo, y para eso se inventaron los campos de batalla: legitiman la autodestrucción. Creo que tú lo sabes, pero lo escribo para decirte que yo también lo sé.

–Bert.

Tu voz masculina, desafectada.

La voz de Sonya no interrumpió el proceder nervioso, epiléptico, de Bertrand, que ahora era «Bert».

Andrew y mi padre habían dejado de hablar de la travesura planeada para la ceremonia, y aun así no intervenían. En el campo de batalla, más inquietante que la locura y la violencia de seres como Bertrand es la compostura de los hombres tranquilos, gráciles, supuestamente cuerdos. Andrew miró a su mujer como si solamente ella pudiese, o debiese, hacer algo. Y mi padre a mí, del mismo modo. La impotencia, la incompetencia, la inocencia: qué las separa, cómo se juzga lo uno de lo otro, cuál es quién. Aunque tú y yo –lo sabes– corremos cuando nos lanzan esas palabras. Callamos cuando brotan las nuestras.

¿Y acaso fuese *incapacidad?* La incapacidad para actuar en pro de lo que intuía, creía, o amaba, no fue solo un rasgo de la enfermedad de mi padre, cuando esta llegó. La voluntad débil, también de los seres sanos: un virus incurable, un mal degenerativo. Provocar sorpresa, incluso éxtasis y felicidad, no tiene mérito. Lo que nos mide como seres –porque nos diferencia de los zorros, de los conejos, de las palomas– es en qué medida paliamos el sufrimiento, cómo nos enfrentamos a él, si entramos en guerra por los demás –por Bertrand– olvidando el escudo que nos protege y, en realidad, nos separa de aquellos a quienes decimos amar. Amar no es querer al otro: es serlo.

La mañana terminó así: todos escudados menos Bertrand y yo, cerámica rota y cubiertos de plata por el suelo, convulsiones que hacían retumbar la mesa. Tal vez el camarero lo había imaginado, que el temblor de las extremidades de Bertrand provocaría aquello, y por eso se había ido acercando a nosotros lentamente: para que, como «clientes estrella», nos sintiésemos lo menos culpables posible de nuestra culpa. Sé que así funcionan las cosas para las personas como los Kopp y sus acompañantes. Que eso es parte de su atracción fatal: a su lado nada nos pesa, a su lado somos exentos. Adorablemente torpes, a lo sumo.

Sonya. Me negué, incluso entonces, a aceptar mi resentimiento hacia ti. Era el germen, también violento, de mi amor. Y el desdén que tú dirigías silenciosa hacia mí: era germen de otra cosa, también.

Nada es tan misterioso. Estoy convencida —escribo de este modo, asertivo y rotundo, para imaginar que comprendo lo ambiguo y lo dudoso–, estoy convencida de que Sonya me odiaba porque ella se veía reflejada en mí. Me sabía una igual, como yo a ella, y al mismo tiempo distinta en ciertos puntos cruciales como el carácter, la edad, o la ignorancia que ella desearía compartir conmigo. Desearía arrastrarme con ella al infierno, al desierto desde donde, al final, lo veríamos todo. Ella albergaba un conocimiento triste que a mí todavía no me ensombrecía, aún no. Aquella hostilidad que me lanzaba como una piedra pequeña —piedra que no me alcanzaría ya, a mí, que volvería a Madrid con mi padre–, aquello revelaba que *no le daba todo igual,* como se empeñaba en fingir, alzando las cejas ante los platos rotos y su hijo a la vez contenido y fuera de sí.

Se acercó a él y le susurró algo.

—Lo siento —dijo Bertrand. Me miró fijamente como si pudiese expresarse de modo directo, con calma y normalidad. Repetía sílaba por sílaba, como un robot, lo que Sonya le había deletreado al oído: *Lo-sien-to.* Y entonces ella, Sonya, cuando Bertrand consiguió decir lo que él no había ideado, pero todos, él incluido, necesitábamos oír, entonces Sonya me sonrió. Me mostró sus dientes, más bien.

Pero yo no sentí la conciliación que querían —¿quién quería?— imbuirme. Bertrand soltó mis dedos. Ahora no solo mi meñique estaba magullado sino también el resto de los dedos de la mano derecha. Bertrand se había agarrado a ellos a lo largo de sus convulsiones. Sentí una furia extraña, hacia nadie en concreto, y cuando me levanté de la mesa para irme arrastré con mi zapato gran parte del mantel y platos y tazas a medio beber. Ante el desastre, y las reacciones y sobresaltos de los Kopp y de mi padre, Bertrand abandonó su calma artificial, inducida también, y volvió a gesticular y a hablar como un mono excitado que quiere operar con las emociones y exaltación que ve en los demás, al otro lado de la jaula.

Sonya se levantó de golpe. Con la intención de llevárselo, frustrada pero decidida por primera vez. El camarero –lo vi en sus mejillas– no esperaba semejantes destrozos, aquellas torpezas supremas, pero ahora, como parecía empeñado en mantener su cortesía inicial, su sonrisa debía continuar excusándonos. Los niños de la mesa familiar gritaron y pidieron a sus padres que nos mirasen; los padres les pidieron silencio sin poder evitar observarnos. Y lo último que oí fue cómo Andrew le dijo a mi padre:

–A veces... me parece que el pobre monta un numerito en cuanto ve que le roban el protagonismo. No soporta ver que me escucháis, y que él ya no es el centro de atención.

Mi padre recogió su taza del suelo y miró su interior, como si buscase en ella una respuesta, y rió con la mueca de cuando quería hacer sentirse bien, a gusto, a su interlocutor, aunque internamente pensase algo distinto –contrario– a lo que decía:

–Descuida, descuida. Eso les pasa a todos los artistas, ¿no?

Una vez fuera del restaurante, en el vestíbulo del hotel, Sonya me indicó dónde estaba el aseo de la planta baja.

–Estas manchas de café te saldrán con un poco de jabón –dijo, tocándome por primera vez.

Yo solo quería subir a la habitación, estar sola, seguramente llorar. ¿Llorar por qué? Pero Sonya no iba a permitir que me montase en el ascensor con ellos, me quería mantener en el baño mientras Bertrand y ella ascendían, desaparecían. ¿A qué habitación? Más tarde lo preguntaría en recepción. Ahora, de nuevo, obedecí. De los hombres en la mesa, desde el restaurante, volvían a emerger carcajadas: Andrew estaría terminando de relatarle su plan maestro a mi padre.

Mi curiosidad se dividía entre lo que decían ellos, lo que pasaba en el ascensor que cerraba sus puertas y algo que se dibujaba, en círculos, en mi interior. Esto último, lo más cercano y accesible, era en realidad lo más remoto. La excavación salvaje, subterránea.

III

No tardó en volver a nuestra habitación aquella noche, mi padre, tras pasar el día con Andrew.

Me había quedado escribiendo, yo, tranquila más que triste. Olvidé lo sucedido, me ocuparon por completo otras personas y lugares. Y comprobé que mi mano funcionaba igual que siempre, que Bertrand, el duende Kopp, no me había lesionado los dedos pese a todo. Se me pasó el enfado, progresivamente, en cuanto el cuento tomó forma. Al cabo de un rato me puse a rebuscar en la maleta: quería escoger lo que me pondría al día siguiente, para la ceremonia. Saqué las dos opciones que había traído y las coloqué encima de la cama lisa, sin una sola arruga. Me desnudé y me probé la primera: un vestido largo y negro sin mangas, transparente en el escote y de las rodillas hasta los tobillos. Me volví a desnudar, quedando en ropa interior, el vestido extendido en la cama. En lugar de probarme el segundo, me quedé tiesa de cara al espejo. Con curiosidad, como había empezado a hacer unos meses atrás: miraba a un ser extraño, no siempre familiar. Cual gato me acerqué a mi reflejo, como si fuera el de otra: otra que poseía, y dirigía, sin embargo yo. ¿Dirigía, yo? Lo pregunto, por si acaso, pero no lo creo. Examiné mis ojos, el conjunto de mi cara. Pero *sus* hombros suaves y delgados, *sus* pechos blancos, dos gotas grandes y heladas, *sus* manos llenas de dedos que respondían a cada uno de mis deseos. Sonya. No, Bertrand.

Bertrand: una idea recurrente cuando era pequeña, más pequeña que entonces, una niña, era que no me importaría ser muda, o paralítica, sufrir alguna enfermedad que me mantuviese física o socialmente incapacitada. Los enfermos reorganizan su mundo, pensaba, lo viven de un modo propio e impenetrable, su cuerpo es un secreto del que surge lo único verdadero: lo que no se puede decir. Nosotros, los sanos, solo cuando nos quedamos cojos, o contraemos una fuerte gripe, nos preguntamos qué es andar, cómo respira uno. Cómo se habla sin que duela y sin herir, qué tienen que ver el silencio y el amor. Enfermar suponía repensarlo, reaprenderlo todo: vivir contra una resistencia. La resistencia: lo único que enseña a vivir.

Y cuando me rompí la muñeca, hacía ahora años, no pude sujetar un bolígrafo durante meses. Desde entonces tuve sumo cuidado con las manos. El resto –el habla, el movimiento, incluso el juicio– daba igual, da igual.

Bertrand: tu fechoría involuntaria contra mis dedos, como si supieses qué estabas haciendo, cómo herirme más, y supieses también que, al ser miembros insignificantes y pequeños, los dedos, yo no podría quejarme de un apretón o golpe en la mano, en lugar de en la cara, los hombros, los pechos.

Que mi imaginación se poblase, nublase con imágenes de Sonya –no, de Bertrand– mientras observaba mi cuerpo desnudo en el espejo: eso no me alarmó. No me avergonzó ni extrañó hasta que mi padre entró de golpe en la habitación; entonces fui consciente de lo que estaba haciendo, de que en mi escenario interior condenaba a Bertrand tan pronto como deseaba verlo, tocarlo, comprender su vida. Quería culparlo para ver su reacción, violentarlo para quererlo sin sentir su sumisión: la mía. La puerta de la habitación se abría con una tarjeta silenciosa, sin ruido de llaves que me diese tiempo a vestirme o salir de aquella otra estancia, íntima y remota. Casi me mató del susto ver a mi padre, de pronto, detrás de mí en el espejo inmenso, que ocupaba toda la pared.

—¡No miro, no miro!

Retrocedió hasta la puerta con las manos sobre los ojos, teatrero. Se quedó fuera, en el pasillo. Algo le grité, riendo ya, y me vestí sin demasiada prisa.

—Ya está. Puedes pasar.

Cuando volvió a entrar yo llevaba puesto el vestido negro y transparente. Me miró de arriba abajo, como si no me reconociese, pese a habérselo enseñado la noche antes de viajar al norte. Ahora me escrutaba, además, de tal modo que *yo* tampoco lo reconocía: no había un padre sino un hombre conmigo. Un hombre cualquiera, además, como cientos y miles: un conejo con pantalones y camisa. Él mismo –mi padre, no el hombre– se dio cuenta, sus ojos mutaron a los que yo conocía y quería, caminó haciéndose el patizambo hacia la ventana, se puso a buscar algo en la mesilla de noche, tabaco, supongo, dejó de mirarme, trató de no mirarme, si empezamos a hablar lo hicimos sin contacto visual.

Cuando su enfermedad llegó –no sé por qué continúo mencionándola: tal vez, ya digo, porque ese fue nuestro último viaje juntos antes de que ella, intrusa, lo cambiara todo–, cuando vino la enfermedad –una que yo desconocía, y ya no podía idealizar cual niña ignorante, fantasiosa, alegre–, cuando ella llegó, abrió la puerta y arrambló con esa autoconciencia, esa autocensura que nos hace seres decentes, cuidadosos. Pero entonces, ya digo, él todavía era él. Tan solo pasábamos unos días con los Kopp. No, no sé. Acaso en el hombre sano, inocente o joven todo sea incipiente e invisible. En realidad no lo creo, pero cuando me rindo y sucumbo, me digo: lo enfermo, como lo perverso, siempre está presente, callado, esperando ser convocado, llamado a escena, irrumpir, revelarse. Repito que no lo creo, pero lo escribo por si acaso.

—Te queda estupendamente —dijo al cabo de un rato. Hizo un ruido gracioso con la boca, con los labios, como si acabase de comer algo delicioso—. Pero tal vez es demasiado.

—¿Demasiado para qué?

—Para *quién*. Pero te queda de maravilla. Y en parte ya eres mayorcita. Simplemente ve con cuidado.

Mi carácter comenzaba a expresarse como un mausoleo cristiano, no como sus pirámides egipcias, laberínticas. Yo no sugería, no insinuaba, así que me creía con derecho a rechazar lo sugerido, lo insinuado:

—Siempre me pides que me cuide de ciertas cosas, que las tema o disimule, en lugar de enfrentarlas. Y no me gusta cuando me miras así, con pena.

Pena no era la palabra, pero no encontré otra mejor. Para mi sorpresa, él no se sorprendió. Sus ojos de madera se achinaron, dulces.

—Parte del oficio paterno es tener miedo por tus hijos, ser más cobarde y menos digno, estoy seguro de que lo comprenderás cuando lo seas.

—Nunca seré *padre*.

—Es verdad. Cuando seas madre. Se te deshinchará el moralismo y solo querrás protegerlos, a tus hijos.

—No —dije. Y sonreí al mirarlo, porque por encima de todo nos gustaba cogernos desprevenidos, decir algo que el otro, seguro en su discurso, no esperaba. Aun así yo evitaba especular, filosofar con él. Me negaba a tratarlo como a un *interlocutor,* y que él me tratase como a una *buena alumna.* Hablar de lo concreto siempre era más productivo. Él lo sabía.

–Dime qué pasa con los Kopp. ¿De dónde sale el hijo ese, Bertrand? ¿Es adoptado?

–¿Cómo que de dónde sale?

–¿Y por qué dijo Andrew, ayer, que tal vez tú eras capaz de calmarlo? Vino a buscarte a la habitación mientras dormías, para que intervinieses en el caos. Te quería a *ti.*

Él se recostó sobre la cama, en una posición que parecía incómoda. Se quitó los zapatos. Yo me lancé a su lado, con vestido y zapatos y todo. Vi cómo pensaba y movía las comisuras de los labios involuntariamente, siempre hacía eso antes de hablar sobre algo que, de no ser por mi insistencia, no diría. Daba vueltas con una sola mano al paquete de cigarrillos.

–El hijo... tiene una especie de fijación conmigo. Por alguna razón, siempre que estoy con ellos, el hijo se comporta. La última vez que vi a los Kopp fue en Londres y ocurrió un desbarajuste parecido. Comprobamos que si yo le hacía caso, o, bueno, fingía interesarme por él, se comportaba.

–No está precisamente *comportándose.*

Al mencionarlo, identifiqué desprecio en mi voz. Ya no quería saber nada de Bertrand, todo lo que venía de él —en apariencia de modo irreflexivo, disociado, imposible de culpar—, todo me parecía una agresión, si no suya, de quienes debían ocuparse de él. Se lo dije así, a mi padre. Con respecto a casi todo, sentíamos de maneras distintas: podíamos vivir lo mismo y experimentar lo opuesto, compartir una situación, una casa, un césped, y contar luego cuentos incomparables: el del hierbajo y el del conejo. Pero algo común nos permitía escucharnos, entendernos. Nada me impedía decirle lo que yo veía. Él asintió:

—Pensaba que te habrías dado cuenta, pero *discúlpame* si no es así... No sé exactamente cuál es el trastorno del hijo de Sonya. Siempre supuse que un tipo de afasia, un autismo agravado con los años, o un fuerte síndrome de Tourette. O algo indiagnosticable, una enfermedad rara. Hace casi treinta años que conozco a Andrew y a Sonya. Y, cada vez que se me ha ocurrido preguntarles al respecto, cambian de tema, o fingen no reconocer la situación: el hijo. Es muy incómodo poner palabras, y preguntar, algo que ellos mismos ignoran, o esconden, por quién sabe qué razón. Así que dejé de preguntar, con el tiempo. Con los buenos amigos, y Andrew es de esos, uno aprende a respetar las barreras, a olvidar lo que no comprende. Creo, por cierto, que Bertrand solo es hijo de Sonya, de su primer o segundo matrimonio. Aunque Andrew lo trata como a un hijo.

—Andrew no lo trata como a un hijo —protesté.

—Me refiero a que lo llama hijo suyo. Dicen que es hijo de ambos. Yo ya no sé qué es verdad. Te dije que Andrew miente muy a menudo.

—¿Por qué?

Mi pregunta no era esa. Me preguntaba, en realidad, por qué a mi padre no le *molestaban* las mentiras. Por qué era tan amigo de un hombre al que describía, abierta y repetidamente, como un mentiroso compulsivo. Pero en ese momento alguien llamó a la puerta, y mi padre se sobresaltó y me miró como si estuviésemos haciendo algo malo, como si pudiesen habernos oído y aquello fuese catastrófico. Se levantó cuando vio que yo no reaccionaba. Cambió de rostro deliberadamente. Sus comisuras se volvieron rígidas, obedientes, y abrió la puerta con un impostado «¿Sí?».

No vi quién era, pero oí que trataba a mi padre de usted, y que él respondía con la voz entre romántica y condescendiente reservada para el personal de servicio.

Tras una conversación mínima, cerró la puerta y volvió a su incómoda posición en la cama.

—¿Quién era?

—Nada, nada. Nos querían recordar la hora y lugar de recogida mañana, para ir al teatro con los Kopp. Creía que para estas cosas nos llamarían a la habitación, en lugar de interrumpir.

Nadie había interrumpido nada. Y el desaire en su voz contrastaba con la seductora amabilidad que desplegaba ante el servicio, incluso en casa, en Madrid. A mí me sorprendía su modo de conversar, sonreír magnánimamente, agradecer con excesivo énfasis a las limpiadoras, los camareros, los taxistas: simplemente eran personas haciendo su trabajo, como él en la universidad, nada más ni nada menos. Esa actitud la desplegaba con buena fe, y por una especie de mala conciencia, lo sé porque conozco su corazón. Pero también con compasión mal calibrada, y con *doblez,* al fin y al cabo. Nadie había interrumpido nada. Después teorizaba sobre quienes actuaban con «desinhibida conciencia de clase alta», como muchos de sus amigos, pero acaso ellos fuesen más honestos que sus artimañas disimuladoras. No lo sé, y tampoco importa.

Volvió a mirarme como si ya no hubiera moros en la costa:

—El caso es que, como habrás visto, Sonya y Andrew..., ellos mismos..., son algo *especiales.* Creo que esta es la cuestión: como pertenecen a una especie de *high society* británica, han reconvertido a su hijo deficiente en hijo artista. Lo presentan como tal, ya lo has visto. ¡No me mires así! —dijo, sin poder evitar reírse ante mi propia risa burlona, que quería en realidad, también, hacerlo reír—. Es muy raro, no te lo niego, pero yo ya estoy acostumbrado. ¿Te importa que fume?

Encendió un cigarrillo sin siquiera abrir la ventana. Yo estaba demasiado intrigada por su explicación, no rechisté y reí de nuevo, silenciosamente, por el propio hecho de que *me preguntase* si podía fumar: nunca le preguntaba a nadie.

—Tendría que haberte dicho que Bertrand vendría con ellos, pero ni me acordaba. Y lo sorprendente es esto: que el chico, el hombre, vaya, tiene cierto talento para la escultura. Yo no me lo acababa de creer, obviamente, como tampoco me creo que esté casado, hasta que vi su... taller, en Londres. Tiene esculturas muy particulares. Están en una nave que pertenece a la familia de ella, de Sonya. Tampoco obtuve respuesta, lo recuerdo perfectamente, cuando pregunté dónde exponía las esculturas. Pero que existen, que se crean en aquella nave a las afueras de Londres, eso te lo aseguro yo. No puedo asegurar que sean *suyas,* pero sí que estaban ahí y que, en algún sentido, le pertenecían. Dime a ti qué te parece, pero yo creo que, si uno *no se fija mucho,* Bertrand puede pasar por artista. Artista multidisciplinar, *performer,* conferenciante, cualquiera de esas categorías imprecisas que no significan nada. Cuando habla, su discurso es demasiado ininteligible, pero *parece* un discurso aun así. Como de otro mundo. Y esto..., esto lo comparten los enfermos y los artistas, según como se vea, ¿no?

La ceniza había estado colgando de su cigarrillo y amenazando con caer, pero la salvó justo a tiempo. Yo lo escuchaba tan atentamente que no me angustió la ceniza, ni el cigarrillo tan cerca de las sábanas. Por el movimiento de sus ojos, ahora, supe que aquella última reflexión –sobre lo enfermo y el arte– había sido un pensamiento espontáneo, nacido en el mismo momento de hablar, aunque pareciese una conclusión premeditada. Y añadió:

–De hecho, sí, Bertrand cuela como artista solamente si *no* te fijas mucho en él. Si lo miras bien, es evidente que... Vaya, a mí me lo parece. ¿No?

–¿El qué?

–Que es anormal perdido.

–Sí –dije.

–Sí... –repitió él, mirándome con los ojos abiertos y la sonrisa reprimida, como si dijese una verdad impronunciable, y con una mueca alerta, consciente, consciente de nuestra mutua falta de complejos con las palabras que no deben usarse–. Pero sus esculturas, si es que eran suyas, no estaban mal. Tal vez es... «el arte como terapia», como cura alternativa, esas cosas, no lo sé, Virginia, y los Kopp nunca se pronunciarán. La gran suerte para Andrew y Sonya, y lo que explotan, es que sus vidas ociosas consisten *precisamente* en que nadie se fije mucho en nada. Todo se ve, nada se mira. Y así, Bertrand pasa por un virtuoso insoportable, tan profundo e iluminado que no se le entiende. Así no tienen ni que esconderlo. Lo llevan puesto. Es...

–¡No! ¡Es como un loro! ¡Como un hipopótamo de circo que eructa!

A él le dio la risa y se atragantó, obligándolo a

recostarse de un modo menos complicado, con el torso y la panza hacia arriba. Yo solo había querido bromear, quitar hierro a la situación, pero en realidad mi curiosidad seria, profunda, se ensanchaba a medida que él hablaba. ¿Por qué preferían hacer aquello, los Kopp, a cuidar de su hijo con las medidas habituales, convencionales? Cooperación familiar, medicación, acuerdos y compromisos: lo que fuese necesario para ayudar a Bertrand a vivir, para incluirlo en la vida del modo en que su cuerpo y su mente lo permitiesen. Tal vez entonces —si uno se adecuaba a *él,* en lugar de colocarlo a él en medio de seres como *nosotros*—, no resultaría molesto, ni entorpecedor, ni maligno. Bertrand, según lo que dijese o cómo se moviese, *parecía maligno,* pero aquello era imposible. Si uno observaba la situación con cuidado, veía que los Kopp lo hacían sufrir a él y a quienes lo rodeaban, a quienes debíamos lidiar con un ser que no sabíamos exactamente cómo tratar. Y si no era como nosotros, ¿era intelectualmente inferior, o superior en espíritu? Solo cuando hacemos explícitas las diferencias es posible tratarnos como iguales; hasta entonces, todo lo secuestra la ambivalencia. Pero no le dije nada de esto, a mi padre. Sabía que alargar la conversación sería estéril. A él le podía arrancar una o dos observaciones sinceras, pero el resto sería inconsecuente, prejuicios inconscientes, me dejaría frustrada y con ganas de no volver a confiarle mis ideas, mis miedos. De ahí el humor que lo tenía todo. Y por eso digo que éramos amigos. Éramos, el uno para el otro, compañía, cariño, buenas y frágiles intenciones: no salvación paterna, no devoción filial, nada divino, nada total. No sé, en realidad, por qué esperamos esto último. Lo primero es lo único viable.

Además, no la tenía entonces, pero ahora tengo la respuesta por la que ni siquiera pregunté. Reinventar, reconvertir la enfermedad en *otra cosa* es el único modo de lidiar con ella: con el colapso de la vida y la identidad que supone. Lo sé de primera mano, porque nadie quiso mirarlo a *él*, a mi padre, mi amigo, mi amor, una vez que enfermó. Verlo como el ser babeante, alienígena que de pronto fue. Sus ojos desenfocados, aquí, conmigo, pero lejanos y apagados como nunca antes, sin siquiera ser conscientes de su apagón. Fue como mirar a la muerte: intrusa, intrusa en el ser solar, riente, conejil de mis días con los Kopp. Incluso yo evité mirarlo, pero fui incapaz: ¿cómo mantenerme a su lado mientras moría, pero, sobre todo, *cómo no* observarlo morir? Describir su declive, fotografiar su rostro, ajeno y propio a la vez. E incluso cuando conseguía arrancarme de su lado, yo, hierbajo de su césped, y me volcaba en otro mundo –uno sano, limpio, blanco–, trasladaba sus rasgos físicos, lingüísticos, dementes a mis personajes. Escribía sobre seres fantásticos, extraños: otros seres que eran él. La negación, el trueque, es a veces la concesión de aquello que se niega. Lo transformé en otra cosa para no perecer, yo con él, ante sus ojos huecos, su cuerpo y sus costillas de chacal egipcio, moribundo, su habla circular e incomprensible. Deseé que existiese de otro modo, en concreto como antes, como en mis días con los Kopp, por ejemplo. Pero tampoco sé si, cuando vemos las cosas como son, realmente vemos lo que hay, o solo lo que necesitamos ver, la salud, y no la enfermedad que subyace en todo lo sano. Digo que no lo creo, pero cuando me rindo y sucumbo, pienso: lo enfermo, como lo perverso, siempre está presente, silencioso, esperando ser llamado a escena, irrumpir, revelarse, emerger desde el prado feliz.

Pasaron años, sin embargo, años felices, hasta que se presentaron estas disquisiciones. Hoy, los días en el norte, con los Kopp, pertenecen a *antes,* a una vida pasada. La invoco sin ilusiones de recuperarla. En el norte, en nuestra habitación del hotel, le robé el cigarrillo y le dije:

—Pero ¿Sonya no es doctora?

—Es psiquiatra, sí. Virginia, lo sé, es rarísimo.

Que alguien traiga a un doctor de verdad, pensé. Que se lleven a los psiquiatras, los filósofos, los historiadores.

—¿Y no es peor para él, inventarle esa identidad? ¿Tú crees que él se la *cree?* Me hablaba de sus esculturas como si... Dijo no sé qué de una muestra o una exposición en Afganistán. Pero ¿de veras hay...

—No sé lo que llega a *creer,* o en qué sentido *creen* las personas como Bertrand, Virgi.

—Pero resulta ridículo —insistí, y volví a notar la ira escalándome por la voz: ahora deseaba justificar, defender a Bertrand con mi voz que era mi espada y que yo a veces cogía del revés. Además, incluso cuando resolvíamos zanjar una cuestión, y sabiendo que no íbamos a concluir nada, sino más bien exponer todas nuestras impresiones contrarias, me *gustaba* hablar con mi padre, y a él conmigo, dar vueltas alrededor del mismo asunto.

Insistí:

—Hace el ridículo, y de eso *sí* es consciente, pero parece incapaz de salir del rol que Andrew y Sonya le asignan. Lo he visto esta mañana, en el restaurante, cuando casi me arranca el dedo —le recordé, y agité mi mano frente a él, mi dedo naranja de mercromina—. Se moría de vergüenza, el pobre hombre, era consciente de su ineptitud pero también de deber mantener el tipo, y una identidad que no es la suya. Y lo que es peor: sé que quería decirme algo, disculparse de algún modo, pero no sabía cómo. Sería más honesto, más práctico, más *cómodo* para todos, ser naturales con lo que sea que le pasa a Bertrand. Entonces dejaría de ser un problema, se buscarían los medios para... Él quería expresar algo, pero no sabía cómo hablar —repetí.

Volví a enseñarle mi dedo-globo anaranjado, se había quedado mirándolo con curiosidad. Tenía peor pinta que por la mañana. Él dio otra calada y me acarició el dedo, tecleándolo cual piano, y luego sonrió, como si el tema fuese menos serio de lo que a mí me parecía. O como si las vidas de los demás fuesen asunto de los demás solamente, y nuestra obligación inventarnos un piano para ignorarlas, y mi fijación con el hijo de los Kopp resultase tan tierna como fuera de lugar. Callé, porque intuía otra burla, tal vez justificada, sobre mi moralismo.

–Ni Andrew ni Sonya son precisamente *honestos* o *prácticos,* Virgi. Sobre todo Sonya. Sonya es de lo más esquiva, ¿no te parece? A mí, te lo confieso, nunca me ha caído muy bien.

Pienso en cómo hubiera descrito yo a Sonya. Tal vez con el mismo adjetivo –o *taciturna,* si no *esquiva*–, pero con un deje, una connotación distinta. Y sí que me parecía honesta, aunque no tengo pruebas o palabras suyas para demostrarlo aquí, y no voy a inventármelas ahora. Algo me decía, no obstante, que Sonya no estaba del todo cómoda en aquel paripé familiar, ni con la manera en que ignoraban y celebraban a su hijo, aunque sí acostumbrada a ello. Tal vez, en el inicio, todo había sido ocurrencia exclusiva de Andrew. Pero ¿qué inicio? ¿El nacimiento de Bertrand? ¿El primer divorcio de Sonya? ¿La boda de los Kopp?

Lo he dicho antes y lo repito: por mucho que en mi corazón dudase de las intenciones de aquella pareja, no dudaba en beneficiarme de todo lo que significaba estar con ellos. Y que tampoco se malentienda la palabra *beneficiarme.* Me refiero a que no me resistía, no rechazaba ninguna de las cosas divertidas o útiles que extraía de aquellos encuentros. Yo observaba con pasión lo trastornado, lo deforme, incluso lo cruel. Y mi padre me guiaba con frambuesas y diamantes a la boca del lobo –o del loco–, yo me comía las frambuesas y lucía los diamantes con toda la dignidad e indolencia posibles en un desfile de dientes blancos y afilados, sobre varias lenguas que eran una sola, bella y feroz. Vivir con él me obligaba a ver menos de lo que veía: a hablar, conversar, incluso escribir para disimular mi ligereza fingida, mi amor colmado de asco. Mi asco, mejor dicho, colmado de amor. Desplegaba, obediente, la tolerancia general que él pedía de mí, excepto en momentos, como aquella noche, en que él tenía la guardia baja por haberse tomado dos o tres cubatas con Andrew a lo largo de la tarde. Entonces hablábamos. Él sabía que yo era distinta –le *gustaba* que fuese así–, que no aceptaría lo que me doliese, que la mejor actriz es la que finge respetar –sin obedecer por un momento– al director de escena: pese a haber sido adiestrada, ya digo, en lo diplomático, yo ya no simularía amabilidad ni seducción ante seres salvajes, pero él disfrutaba inculcándome aquel disimulo social mientras pudiese, seguramente porque sabía, intuía, que mi inocencia no duraría para siempre, que terminaba ya. Cuando se levantó de la cama para ir al baño, el olor a alcohol se expandió por la habitación. Se tambaleó en la oscuridad. Ambos reímos con la garganta y oí, desde el interior del baño, el sonido del mechero. Debí de dormirme de inmediato porque no recuerdo abrir la ventana para expulsar el humo, ni darnos las buenas noches, y me desperté con la sábana que él me habría echado por encima.

IV

Los sueños de aquella noche combinaron visiones de los Kopp, la alameda, los nenúfares, la calle del hotel tan mal iluminada, el bar del vestíbulo donde los dos amigos –Andrew y mi padre– compartían una luz tenue, rojiza. No entiendo cómo pude soñar una situación en que yo no estaba presente, por qué asistía a escenas en que yo no era personaje. Si pudiese recobrar lo que sucedía en el sueño lo narraría. Pero no logro desenterrarlo.

Y hacia la una de la madrugada me desperté. Estaba sola, debería haberme levantado a escribir lo que había visto, pero algo me aferraba a la cama, a la sábana iluminada por una luz tercera, la lunar, que me sometía porque sabía que yo quería someterme. La sábana hospitalaria, la sábana de mi casa, y me pregunto qué sábana te cubría a ti, tú, que dormías dos pisos más arriba, mientras tu marido y mi padre escapaban al sueño. Los sueños los alcanzaban, los tuyos y los míos, esto nunca lo supieron y es mejor así.

El sol devuelve lo tranquilo, arrasa con la ambigüedad, si es blanco. Mi padre se vestía con cierta prisa, por la mañana. No llegábamos tarde a ningún lado, pero pretendíamos llevar a cabo la incursión temprana, y totalmente innecesaria, en el teatro: la brillante propuesta de Andrew Kopp.

–Tienes mala cara –dijo mi padre.

–Gracias. –Entré en su abrazo–. No estoy muy de humor para esta payasada. No he dormido bien.

–Espero no haberte despertado. Anoche volví a salir a fumar y a charlar con Andrew, cuando te dormiste. ¿Y te refieres a lo del hijo? Ya te dije que yo tampoco sé muy bien qué pasa. Pero que es mejor no inmiscuirse, Virgi. Olvídate, y no te expongas. ¿De acuerdo?

–No. Me refiero a la bromita de *hoy:* ¿por qué quiere Andrew burlarse de los Reyes? Son ellos quienes le entregarán el premio, la distinción académica, ¿no? Además, exacto: ¿no tiene suficiente con el paquete de su hijo?

Mi padre desaceleró la maniobra extraña con que se abotonaba la camisa, y sonrió como si algo en mi insistencia no le desagradase:

–A mí la pose antimonárquica de Andrew ya no me sorprende. Aunque me sigue pareciendo muy curiosa, antropológicamente –dijo, con ironía familiar en la última palabra: nunca utilizaba grandes palabras sin ridiculizarlas–. Es algo que se institucionaliza en Inglaterra, más o menos. El sistema necesita opositores glamourosos. Lo teorizan, lo «critican», y así lo dignifican y publicitan, de algún modo.

Aquello explicaba, para empezar, por qué una institución académica (financiada, en gran parte, por el Estado) decidía premiar a la figura controvertida y pseudorrebelde que era Andrew Kopp, y también por qué –esto fue lo más extraño cuando lo vi en las noticias, estando todavía en Madrid– él había aceptado el premio en lugar de rechazarlo y proclamarse en contra del poder político español o el monárquico, siendo los Reyes quienes, simbólicamente, le entregarían el premio aquel febrero. Lo había agradecido, había hecho algún comentario coqueto o sarcástico sobre los Estados «que todavía no son republicanos», y había viajado con su mujer y su hijo –o hijastro, o hijo adoptado, o hijo inventado– al norte de España. «Con la sola condición de que Juan accediese a venir también, y de organizar el día a nuestro aire, ni una seriedad más de lo estrictamente necesario», había dicho.

–De veras, si no hubiese podido verte en este viaje me habría quedado tan tranquilo en Londres –le dijo Andrew a mi padre cuando nos juntamos con ellos en el recibidor–. Estoy inmensamente feliz de verte, de veros. La vida es buena conmigo, Juan.

Aquella expresión de plenitud estaba fuera de lugar: lo sentí con certeza repentina. Y algo había cambiado aquella mañana, aunque todos continuasen fingiendo ser tan bobalicones como Bertrand. Andrew hablaba de un modo nuevo, más airoso: más despreocupado y autónomo. Como de costumbre, solo se dirigía a mi padre. A su mujer y su hijo, a quienes daba ahora la espalda, parecía borrarlos con aquella confesión de su felicidad: la vida es buena *conmigo,* Juan. Con ellos, no lo sé.

El dúo conformado por Sonya y Bertrand no intervenía. Bertrand parecía medio dormido, sedado, y Sonya lo agarraba de ganchete, pero en una posición que aparentase, por supuesto, que era *él* quien llevaba a su noble madre del brazo. Pensé en lo que había dicho mi padre, que las ocasiones sociales consisten precisamente en ver sin mirar, o, mejor dicho, en mirar, y mirar mucho, *sin llegar a ver,* sin penetrar las apariencias y acceder a la visión. Sonya y Bertrand no tendrían dificultades para esconder lo que quisiesen esconder, para actuar cada uno en su rol.

Pese a esta manera rara de apoyarse el uno en el otro —sin saberse quién en quién, o por qué–, Sonya y su hijo adulto, idiota, estaban guapísimos. Sus expresiones agotadas, la de ella constreñida, contrastaban con los atuendos favorecedores. El cuerpo de ella, alto, no dejaba de ser rechoncho en las caderas y las piernas, pero esto quedaba disimulado por un conjunto gris muy vistoso, de corte recto. Con vistoso me refiero a femenino, y cuando pienso una vez más en cómo describir a Sonya, *femenina* no es el primer adjetivo que se me ocurre. El pantalón ancho insinuaba unas piernas más largas que sus piernas reales, realzadas por tacones del mismo gris oscuro que la camisa: una camisa sin mangas pero de cuello alto, galáctico todo ello, y al mismo tiempo apropiado, el punto medio entre sorprendente y convencional. La americana blanca que cerraba el conjunto la llevaba sobre los hombros. De maquillaje, ni pizca. Si Sonya tenía cerca de sesenta años, aquel atuendo le quitaba diez.

Y si me detengo en la apariencia de Sonya es porque una parte de mí se resiste a confesar quién me causó verdadera impresión, y, además, una impresión inesperada: Bertrand. Él sí parecía llevar maquillaje en la piel que le rodeaba los párpados, las ojeras; de pronto, además de su comportamiento equívoco —el de un deficiente, o un genio incomprensible, o un hombre con un trastorno común pero mal cuidado, ignorado por sus propios padres—, también su *apariencia* se prestaba a confusión: algo tenía de andrógino, debería haberle sacado una foto y, de algún modo, se la saqué. Sus ojos brillaban, pero sin emoción perturbadora, menos cristalinos. Bertrand se había acicalado, o tal vez lo *habían* acicalado (o lo *había* acicalado, en singular, Sonya; no podía imaginar a Andrew ocupándose de nadie más que de sí mismo aquella mañana; tal vez, incluso, Sonya los había vestido a ambos). Hoy parecía un ser normal, tan impoluto y sumamente presentable como su madre. Su iris era color de la cerámica azulada, y sus pocas pestañas flotaban en su sitio, en lugar de moverse a toda velocidad. La quietud humana, la compostura de Bertrand, me conmovió.

Observé su cuerpo grande, rotundo, por primera vez recubierto con prendas formales. La camisa rosácea no le apretaba pero se ceñía a unos amplios pectorales hasta entonces invisibles para mí. Solo lo había visto con ropa desconjuntada, con restos de pintura blanca o algún tipo de resina en los puños de la camiseta. Tal vez aquellas pintas desaliñadas, y no solo su comportamiento molesto, habían avivado mi repulsión inicial hacia él. Ahora noté una vibración en todo el cuerpo —una especie de placer frustrado—, cuando apartó sus ojos de mí, tras saludarme con ellos como si nada: sin vomitar palabras, sin robar mis manos, sin violentarme, y sin percatarse de que yo también me había vestido y maquillado para la ocasión, sin querer adivinar mi cuerpo debajo, desnudo y blanco, confiado en parte, asustado en parte.

Esta erupción del deseo la sentí como algo extraño, externo, aunque provenía de mis entrañas. No lo reconocí como propio porque fui capaz de inhibirlo nada más separar los ojos de él, como si rebotasen en su nueva figura, como si su cuerpo no estuviese hecho para suscitar lo que me suscitaba, ahora, a mí. Quería examinarle bien las piernas, el tronco, los brazos, el cuello, pero mantuve mis ojos firmes, quietos, mi estómago contraído. Era un impulso de atracción inexplicable, y no porque Bertrand fuese un desconocido, sino porque, en parte, tampoco lo quería conocer.

—Bonito vestido —me dijo Andrew, él sin recatar sus propios ojos—. Lo que decía: toda una mujer.

Afuera nos esperaba un coche alargado con las ventanas tintadas. Identifiqué el sueño interior de que me sentaran junto a Bertrand. Necesitaba tocarlo. Comprobar que su piel era goma, plástico, y no epidermis como nuestra piel. No sentía ganas de hablarle, solo de comunicarme con el tacto. Poseerlo sin ningún esfuerzo. Estrujarlo, no oír sus quejas si gritaba. Decirle, por encima de sus gritos: «Yo soy como tú.»

De camino al coche, me giré y sonreí a Sonya y a su hijo para mostrarles que no estaba enfadada o distante por lo ocurrido los días anteriores, que estaba dispuesta a volver a empezar, a intimar, incluso, pero ninguno de los dos se inmutó. Como si ni siquiera hubiese sucedido algo por lo que yo pudiese sentirme rara o incómoda con ellos.

No solo su nuevo aspecto, su idéntica indiferencia, sino mi propio sentir también era raro. Parecía que hubiese pasado mucho tiempo desde la última vez que nos vimos, sentados a la mesa, o cerrándose la puerta del ascensor entre ellos dos y yo. Las heridas, si las había, estaban sanadas. Aun así renuncio a inventarme, a fingir, que sé la causa de aquel cambio de apariencias y afectos. Lo único que tenía continuidad con el día anterior, y el anterior, era, sí, que íbamos a perpetrar la travesura ideada por Andrew. Los agentes de la fechoría, sin embargo, eran otros. Éramos otros.

Cuando el coche se detuvo frente a la plaza del teatro –me habían sentado en uno de los asientos traseros, al lado de papá y lejos de Bertrand, que iba de copiloto y no pronunció palabra durante todo el trayecto–, Andrew se sobresaltó con el conductor. Le dio un golpe abrupto en el hombro, desde su asiento.

–¡Entra por atrás! ¡Por atrás!

El conductor no comprendía y Andrew, en lugar de explicarse, ofreció la alternativa de *ponerse él al volante*. El otro frunció el ceño y se negó, mirándonos uno a uno por el retrovisor, curioso por ver qué tipo de gente rodeaba a aquel hombre impulsivo. No todo había cambiado: yo aún me sentía un poco abochornada de formar parte de aquel grupo.

–No. Deme las indicaciones –gruñó el conductor–. Yo conduzco.

Aquella era la primera persona que no trataba a Andrew como si fuese una autoridad incuestionable. Andrew burlaba las reglas y criticaba al poder porque quería suplantarlo, se sentía él rey y soberano. El conductor no lo reconocía –y quién lo iba a reconocer, la verdad sea dicha, más allá de la media y alta sociedad cultural–, no lo reconocía y de haberlo reconocido tampoco se habría dejado ningunear por él. Hoy identifico a las personas decentes, incluso admirables, como aquellas que no se doblegan sin una buena razón: no faltan al respeto, no usan palabras ni ofensas innecesarias, pero tampoco se dejan aturullar por estupideces de grandes apariencias. Siguen su camino, como aquel conductor.

Quise examinar la cara del hombre digno, pero la inclinación del retrovisor me mostraba únicamente su barbilla picuda, recién afeitada. Hombre sin cara. Andrew, su cara bien visible para mí, expresó fastidio ante la negativa y, en lugar de darle indicaciones para que rodease el teatro, nos hizo bajarnos a todos y caminar hasta la entrada trasera.

–Mejor que no haya testigos...

Guiñó un ojo de aquella manera tan distintiva. Yo le sonreí, como siempre, porque él buscó mi reacción. Andrew estaba acostumbrado a prescindir de quienes no lo trataban con reverencia injustificada: le dio propina al conductor con un billete de veinte y no recogió el cambio. Ni Sonya ni mi padre habían protestado, no lo habían contradicho, ni siquiera excusado cariñosamente. Pero estas observaciones, este distanciamiento con respecto a Andrew Kopp, pertenece al presente. Entonces yo era una más, tampoco me debieron de parecer tiránicas ni infantiles sus maneras pese a sentir, en el momento, cierta vergüenza ajena. Y, por los zapatos que llevaba, yo hubiese preferido continuar en el coche hasta el final, hasta la puerta.

De la incomodidad sentida nace, meses o años después, la razón de lo contado. Yo esto lo sabía, y por eso no abrí la boca. También porque hubiese sido minoría. Nos bajamos, seguimos a Andrew y el coche dio media vuelta, hacia el centro de la ciudad. Nosotros rodeamos el edificio inmenso del teatro, Sonya y yo a duras penas, lentamente, por culpa de nuestros tacones. Estábamos en el casco antiguo, y las piedras de las aceras eran irregulares, llenas de huecos, me recordaron a las calles de la ciudad medieval donde yo había crecido con mi madre. En Madrid –donde viví con mi padre a partir de los quince– las aceras eran más lisas, y me había desacostumbrado a caminar mirando al suelo. Ahora, sin embargo, resurgió en mí aquel conocimiento, la costumbre de esperar siempre un tropiezo. Gracias a ese reflejo agarré la muñeca de Sonya cuando la punta de su tacón quedó atrapada entre dos piedras. Emitió un gritito involuntario, algo ridículo, pero se recompuso y continuó más sigilosa. No dijo nada. Compartió, imitó mis movimientos a partir de entonces. Nunca más estuvimos a solas, pero fue suficiente, y vi con devoción, orgullosa, cómo levantaba los pies cuidadosamente, pisando el centro de las losas, no los bordes, para no volver a caer, no volver a mirarme, no reconocer que yo estaba allí y ella estaba conmigo, entonces y siempre aunque, ya digo, nunca más estuvimos a solas, el tacto duró un segundo y fue suficiente.

Alcanzamos la entrada trasera del edificio unos minutos más tarde que los tres hombres: Andrew, mi padre y Bertrand. Bertrand, visto desde lejos y de espaldas, pasaba por un modelo o actor sueco. Y no sé cómo, pero habían abierto la verja verde que daba paso al patio interior, ajardinado. Una vez dentro lo atravesamos, parecía el jardín de un *palazzo* italiano pero mejor cuidado y con un aire institucional un poco excesivo. No eran siquiera las nueve de la mañana, y tanto la calle como el interior de aquel edificio múltiple —¿era solo teatro, o también hotel, ayuntamiento, oficinas municipales de algún tipo?— parecían desiertos de vida pese al olor a hierba recién cortada, los arbustos salidos de la peluquería, el ruido de pasos, voces, goteos. Como si hubiesen terminado de arreglar el jardín un segundo antes de llegar nosotros y entonces todos se hubiesen escondido.

Pero —sorpresa— nos topamos con dos guardias al atravesar una puerta de acceso que, misteriosamente, Andrew conocía. Pensé que conduciría al corazón de aquella construcción laberíntica —el salón de actos, donde se celebraría la entrega de premios hacia las doce—, pero entramos en una especie de recibidor amplio, oscuro. Las paredes, como el suelo, eran color anaranjado, o cobre, solo recuerdo bien la sensación de calidez y recogimiento y el contraste con la luz cegadora, omnipotente del exterior. Los guardias estaban hablando, uno apoyado en la pared con la espalda y el otro casi en cuclillas, como si terminase de atarse los zapatos. Ambos callaron nada más vernos entrar, y se quedaron así, como si no estuviese claro quién había pillado a quién. ¿Haciendo qué? Nos miraron con ojos pequeños y expectantes. Éramos un grupo insólito, lo reitero porque lo confirmaba cada vez en las miradas ajenas. Andrew y Sonya pasaban por normales, turistas indagadores, extranjeros perdidos y refinados (los Kopp: según la situación, se aprovechaban de su tercera edad, apariencia distraída o posición social para saltarse todas las normas: todo les era concedido). Sobre la apariencia de mi padre nada definitivo puedo decir, porque según con quién caminase parecía respetable, venerable como los Kopp, o un bufón extraviado con ambiciones de arlequín, como el loco y como yo. Bertrand y yo (uno mudo y engominado, la otra vestida de noche a las nueve de la mañana) desentonábamos del todo, y no teníamos perdón. No éramos un bloque homogéneo, quiero decir, y lo desencajado siempre levanta sospechas. Como en una especie de venganza silenciosa –¿hacia quién?–, yo deseaba que nos echasen de allí, al comando Kopp y a mi padre y a mí y al hijo o modelo o mascota de circo que era Bertrand.

Uno de los guardias, de pronto, le habló a Sonya como si la reconociese: la expresión interrogante había desaparecido de su rostro cuando nos acercamos. Su voz resonaba como si fuesen varias, el eco en las paredes de cobre.

—Buenos días —dijo el guardia en inglés. Sonya sonrió amable y devolvió el saludo en español. Los hombres uniformados inclinaron la cabeza, unánimes. Andrew intervino y pidió, como si fuera una emergencia, que nos abriesen el salón de actos para dejar nuestras cosas allí. Sonya lo miró a punto de decir algo, pero Andrew se adelantó de nuevo:

—Nos han echado del hotel más temprano que de costumbre —inventó—. Se han hecho un lío con las reservas de hoy que luego se ha resuelto. Pero entonces nuestro hijo ha montado un espectáculo de último minuto. En fin, que nos hemos tenido que ir.

Lo que Andrew decía era falso, además de una ocurrencia que ridiculizaba a su hijo. Pero el rostro de Bertrand era inexpresivo, estaba petrificado, como si hubiese pasado por aquello miles de veces. Pensé en el doble sentido de la palabra escogida por Andrew, *espectáculo:* su denotación neutra, descriptiva —«lo que hacen los artistas»—, y su posible connotación negativa —«algo fuera de lugar, inapropiado, desastroso»—. Los vigilantes mencionaron que había un guardarropa, Andrew argumentó algo tan rebuscado como verosímil para rechazar aquella propuesta y finalmente, tras comunicarse con otra unidad de seguridad, nos dejaron pasar al salón de actos. Ese era el objetivo de Andrew.

Sin duda interpretaron aquel comentario –«... nuestro hijo ha montado un espectáculo de último minuto»– tal y como Andrew lo había deseado: como una confidencia humorística, una confesión íntima y con apariencia de realidad, tras la cual nos ganaríamos su favor y nos abrirían el salón de actos sin hacer muchas más preguntas. Nos indicaron, antes de dejarnos solos, dónde estarían nuestros asientos.

Frente a mí, las espaldas de Sonya y de su hijo. ¿Por qué sentí que el camino desde aquella entrada trasera hasta el salón de actos era el recorrido hacia una celda, un lugar sin retorno, adonde las almas querían llegar sin saber que no volverían? Los guardias nos acompañaron. Tras subir un piso y atravesar una habitación enorme llena de muebles, vestuario, biombos viejos, los guardias dejaron que la puerta se cerrase y retumbara tras nosotros. Antes de despedirse –sus rostros invisibles, como el del conductor–, el salón de actos apenas iluminado, nos indicaron cómo ir desde allí hasta el vestíbulo:

–Al vestíbulo es donde empezarán a llegar los invitados y, por supuesto, los Reyes. Ustedes han llegado con mucho margen, pero el vestíbulo ya está habilitado y pueden quedarse por ahí, si lo desean. Y el bar abre en diez minutos, para su información.

Cuando recuerdo aquellos días, debo esforzarme por hacer conexiones que entonces no hice, por imaginar las visiones que no alcancé entonces. Es esto lo que me impone reticencia al escribir: cuando lo haga, habré perdido algo. Perderé todo lo que creía y era entonces: y todavía quiero a aquella vida. Amo a los seres difíciles, generosos, fraudulentos aún. El sonido y el olor de la adolescencia que viví entre ellos son dulces y frescos como la zanahoria, como la hierba arrancada con los dientes. ¿Por qué acelerar, voluntariamente, esta derrota? Perderé lo que creía que eran las cosas y en realidad no son, además de las posibilidades flotantes y preferibles que, una vez que entramos en aquel teatro, y vi lo que había en el escenario, se me presentaron por primera vez como irreales, ilusorias. En parte escribir es capitular, enfrentarse al fracaso, mirarlo con amor, acogerlo y acariciarlo como si fuese la inofensiva victoria que no es, como si fuese el conejo y no el lobo. Cobijar a la verdad terrible, a la fiera. Esto es algo sumamente noble, digno como el samurái que no soy. Yo, por el contrario, cuando pienso en mi adolescencia, y en ti, y en ellos –pero ¿quién es quién, hoy, y a quién le hablo exactamente?–, cuando la recuerdo, deseo falsificarla aún, negarla y revertirla y esconder lo que se me revela, y no siento vergüenza por este deseo, por desligar la verdad de la realidad, por correr un tupido velo, líquido e hipócrita, en lugar de rasgar con mis palabras las cortinas que esconden lo que sé. Todavía, de algún modo, soy la niña que describo. Despertar es morir cuando el sueño es placentero, cuando cubre tantos años de una vida pasada, dorada: nefasta y querida. A los niños y a los sueños hay que aprisionarlos, porque te abrazan un segundo y echan a correr.

En el escenario del teatro había algo cubierto con una manta oscura, morada, con flecos en los bordes. No podía ser un piano por las dimensiones más verticales que horizontales. Pero tenía forma, más o menos, de triángulo isósceles.

En el patio de butacas, la colocación de los asientos también era anómala. No siempre miraban al escenario, algunos estaban girados, como si ya por la noche Andrew –u otro hombre idéntico a él– se hubiese encargado de desatornillarlos, darles la vuelta, otra broma pesada.

¿Por qué señalo, sin pruebas, al honorable profesor Kopp? ¿Y cómo, con qué herramienta, se descuajeringa una butaca y se vuelve a fijar en el suelo? No me dio tiempo a observar bien ni extrañarme entonces, porque de inmediato alcanzamos la primera fila. A medida que nos acercábamos, la forma triangular y oculta del escenario crecía, se alargaba sin moverse y sin hablar.

Un tejido rugoso, semitransparente, revestía todos los asientos de la primera fila, indicando que eran butacas nuevas o que nadie debía sentarse en ellas; o para evitar, supongo, que el terciopelo se manchase antes de ser ocupadas. De esa celulosa protectora colgaban carteles con una *R* de «Reservado», o quizás de «Familia Real».

Andrew señaló cinco asientos. Al azar, me pareció. Pero ya no sé qué había de cierto, o de *mío*, en mis percepciones.

—Son estos.

No pude ver bien su expresión, qué sugerían sus cejas, sus dientes, solo su calva en tímido éxtasis. La luz del teatro era mínima, un par de focos a lo sumo. Tenues, desde el escenario arrojaban luz blanca sobre nuestras cabezas. Andrew nos hizo dejar nuestras cosas allí: gorros, abrigos, bolsos, el mío y el de Sonya. Yo quería quedarme con el mío; era pequeño y llevaba allí mi cartera y maquillaje. Era la primera vez que se me había ocurrido retocarme fuera de casa, igual que maquillarme antes de salir. Pero no rechisté, todos obedecían, y pensé que en cualquier otro momento, durante el largo rato libre que teníamos por delante, podría escaparme del grupo e ir a recuperarlo.

Miré a Bertrand para dirigirme a él. ¿Qué iba a decirle? Quería decirle algo, pero no supe hablar. Su silencio, su buen comportamiento, eran contagiosos y yo también enmudecí, yo también quería ser buena y bella y pálida como él, y como ella. Estoy segura de que Bertrand se percató de mi curiosidad porque de reojo me vio mirarlo, pero continuó en su inquietante papel de hijo cuerdo y absolutamente callado. Quién sabe, quizás Bertrand *era* así, y se comportaba más de lo que se encolerizaba, pero mis primeras impresiones de él habían sido tan distintas que no podía evitar sospechar de aquel cambio abrupto de comportamiento, de personalidad, que además se propagaba como un virus. Busqué lo que a esas alturas, y allí, era la máscara espectral Sonya. Pero ya se daba la vuelta, seguía a Andrew y a mi padre, que pretendían salir de allí cuanto antes.

Oí la voz cercana y discreta de él, de mi padre, luego una risa de Andrew. Estridente, a lo lejos. Antes de seguirlos y salir, miré lo que ella, Sonya, había dejado en la butaca: un bolso de cuero negro, su americana blanca de astronauta. Del bolso sobresalía una especie de neceser transparente, y en un acto reflejo les grité o susurré que ahora los alcanzaba, que necesitaba comprobar si había traído...

Extraje el neceser del bolso de Sonya. No del todo. Yo no era fisgona. No era desconfiada. Pero algo, un resquicio de fuerzas pasadas, me llevó a extraer aquella bolsita de aseo. Lo suficiente para ver que rebosaba de pastillas sueltas, entre otras cosas más predecibles como un diminuto espejo redondo, imperdibles, líquido de lentillas, cacao de labios y máscara de pestañas. Y una caja de Orfidal prácticamente vacía. Lo reconocí de inmediato porque era el mismo medicamento que tomaba mi padre para dormirse por las noches. No era un somnífero siquiera, sino, al tomarlo en cantidades grandes, un fuerte antidepresivo. Un tranquilizante que lo tumba a uno en cuanto quiere. Un dardo para lobos, no para conejos. No descarté que la propia Sonya consumiese esas pastillas sin prescripción, o por prescripción propia, como hacía papá. Pero, como otra de esas cosas que sabía sin saber, ese día las pastillas tenían el color de Bertrand Kopp: de su quietud y su obediencia.

V

Sonya es doctora. Esto me dije, me recé, viéndolos desaparecer hacia el vestíbulo.

Una vez allí la luz era otra, de nuevo, siempre cambiaba la luz que nos iluminaba, a nosotros, a vosotros y a mí, o a ti y a nosotros. Nada que ver con la dificultad visual del teatro. No hacía falta achinar los ojos, descifrar las sombras, imaginar lo invisible. ¿Quién decidía sobre la iluminación?

Ahora, con la luz matutina entrando por las cristaleras y bajo el amarillo adicional de cinco o seis lámparas de cristal, los Kopp parecían inofensivos. Traviesos, listos e inofensivos. Corrí hacia ellos como si me reuniese con mi familia. Lo visto y ocurrido dentro del teatro parecía ya irreal, parte de un sueño; y durante aquellos días la familiaridad y el terror se alternaron sin transiciones, sin justificación, se revelaron idénticos. Idénticos no, no, pero sí hermanos. Las lámparas de araña, las alfombras y los sillones me recordaban a los de tantos otros lugares impersonales y de paso que había visitado con mi padre, por casualidad, por qué no, vamos. La infancia de que hablo, más distante cuanto más trato de acercarla, consistió en agradecerlo todo, en saberme querida y querer. Amaba mi abandono porque no era solitario, era social. Esto es lo único que no he perdido: amar desde el abandono, y querer lo que ya no existe, lo que nunca existió excepto en mi necesidad y mi fuerza y mi mentira amatoria. Ese día no fue distinto: sentí una paz repentina hacia todo y todos. Calma incluso hacia Bertrand, cuyo vínculo conmigo, tras mi visión en el teatro, era más estrecho, más violento aún. Me convencí de que sus padres no podían ser crueles, no le podrían hacer daño, y si lo herían, sería por una razón ineludible, no tendrían alternativas al Orfidal, a inducir la quietud y obediencia de Bertrand, que era también, ya digo, su belleza. La mía. De esa infancia que terminaba entonces, conservo además un pecado capital: insisto en convencerme —a mí misma pero también a los demás, y eso es lo imperdonable—, insisto en que el miedo no es cierto, en que uno se sobrepone al terror. Mentira. Reconozco y repito que mi voz no está del lado del bien, de la verdad, de la belleza feliz, sino de otra cosa. Y no me justifico, solo sigo hablando. Y cuanto más te ame, seguramente, más te mentiré.

Ahora que observaba a Bertrand de nuevo, confirmaba que ya no era el Bertrand de los días pasados. Esa percepción se mezclaba con lo que sucedía, o cambiaba, dentro de mí. El rechazo amordazado, acaso la devoción, me precipitaron a su lado. Estaba sentado en una butaca, en el centro de la estancia, solo. Andrew, Sonya y mi padre molestaban a las chicas de protocolo. Ellas los soportaban, claro que los soportaban. Estratégicamente, Bertrand había escogido la butaca más solitaria, más apartada de otros sofás o mesillas o taburetes acolchados. Que no quisiese compañía ni conversación me acercó a él con mayor interés. Me apoyé en el reposabrazos del sofá más cercano a su butaca, a dos metros de él, y con mi peso deslicé el sofá hasta tenerlo casi enfrente. Mirar a Bertrand era como mirarme en un espejo: mi reflejo, desnudo, dormía. Sumido en aquel coma perfecto —el mismo coma de mi padre una media hora más tarde de tragarse el Orfidal, por las noches, y tirarse la ceniza por encima del pecho—, así, en silencio, de pronto Bertrand me volvió a parecer una víctima. De quién exactamente, o acaso de sí mismo, no lo sé. Pero era mártir, sin lugar a dudas damnificado, y no un atacante peligroso. A esto respondió, sí, el amor que me precipitó al abismo:

—¿Dónde puedo ver tus esculturas?

No movió los labios de inmediato. Sus ojos se revolvieron bajo los párpados, lo vi. Y los abrió ligeramente: estaban cubiertos por un velo gris, como si tuviese cataratas, o lentes de contacto hinchadas, o lágrimas inmóviles. Me sorprendí de mi propia pregunta, de poder hablar con la boca llena de aire, iniciada la caída. No sé qué cara debí de poner, pero él tampoco lo pudo haber visto a través de esa nebulosa. Reaccionó como si no me hubiese escuchado bien, solo oído una voz humana, distante, y estuviese aún demasiado sedado para contestar. Aquello no era malo, advertí: al menos ese día las ideas y frases no se le amontonaban en la mirada, en la boca, en las manos temblorosas.

–¿Mis esculturas? –dijo, volviendo a cerrar los ojos, pero con los músculos faciales ya despiertos, recolocándose, moviéndose involuntariamente.

Asentí con la cabeza, quise minimizar las palabras. Pero dije *sí* cuando me di cuenta de que no me veía. Su lentitud, ya digo, se me contagiaba. Se hizo de rogar de nuevo, y al fin contestó.

–En Afganistán.

Su tono, su dicción, estaban contenidos. Pero oírlo decir *Afganistán* me transportó a aquel primer día, a la mañana en que me había vomitado tanta información descoordinada y desaforada, entre coche y coche. Él mismo había dicho, según la locutora de radio, que era *artífice y víctima de su propio accidente.* ¿Qué significaba aquello en ese nuevo escenario? ¿Que su estado actual era solo otro de sus *espectáculos,* de sus *performances,* como habría dicho Andrew? Aunque así fuese, y como yo soy Bertrand, además de Sonya, sabía que incluso cuando hacemos algo por nosotros mismos las causas, razones e influencias que nos impulsan son, en muchos casos, externas, extrañas, todo lo contrario de propias. No hay mucha diferencia entre ser víctima o criminal, porque el primero imita al segundo: su padre y su dios. Asentí ante la respuesta parca de Bertrand: *Afganistán.*

Algunos camareros empezaban a rondar la sala con bandejas. Grupos reducidos de personas, casi siempre parejas de mediana o tercera edad, entraban por la puerta principal. Afuera se había estado formando una cola inmensa que llenaba la plaza, justo donde Andrew le había ordenado pararse al conductor sin rostro. Que Bertrand estuviese medio dormido tenía otra ventaja más: podía mantenerme a su lado y al mismo tiempo mirar a mi alrededor sin que se sintiese desatendido, sin que requiriese mi completa y excesiva atención. Vi, entre otras cosas, que un matrimonio de pelo idénticamente gris reconoció al trío formado por los Kopp y mi padre; estaban a la altura de un piano cerrado, que Andrew parecía amenazar con abrir, y disfrutar con las negativas de Sonya. Un camarero que pasó entre la butaca de Bertrand y mi sillón se quedó mirando a mi compañero adormilado. Inclinó su bandeja hacia mí, a Bertrand no le hizo ningún gesto de ofrecimiento, y Bertrand tampoco lo advirtió: había pasado de ser hipersensible, hiperreactivo ante lo que sucedía a su alrededor –los cuerpos, manos ajenas, cada ínfimo movimiento externo–, a no percibir nada de nada. Como si el único modo de detener su tendencia a involucrarse, malinterpretar y maltratar a los demás consistiese en hacerlo morir, apagarlo, forzar el fin de sus facultades como quien apaga un ordenador sobrecargado. Mi presencia sí la registraba, pero no sé cuánto más veía. O qué veía a través de sus cataratas. Tal vez por eso lo habían dejado solo, ahora, sin supervisión parental: bajo el efecto de los calmantes Bertrand no entrañaba peligro. Tomé dos copas de la bandeja, como si una fuese para mí y otra para Bertrand, fingiendo ante el camarero que Bertrand era uno más.

–En realidad, aquí hay una escultura. Pero está escondida.

De repente Bertrand dijo aquello, con los ojos abiertos solo lo suficiente para asegurarse de que yo seguía allí, frente a él, y no vio que unas cinco o seis personas más nos rodeaban, hablando entre sí y a través de nosotros, muy cerca, sin prestarnos atención, algunas sentadas en mi sofá, una mujer rozándome constantemente la cara con el codo. Quise preguntar, a través del codo: *¿Y dónde está escondida esa escultura?* Pero no dije nada. Pese a su agradable enajenación medicada, sabía que ninguna información proveniente de él era fiable, cierta. Tal vez él creía en lo que decía, en ese sentido era *cierto*. Y sé, al menos esto sé: al contrario que el resto, que conocían la verdad, Bertrand nunca me mintió aun sin conocerla. Desistí de mi pregunta. Él sonrió como si comprendiera por qué.

Más adelante supe, porque lo experimenté, que en los estados de excepción –como la enfermedad, la guerra, el terror– la comunicación no es lo esencial; mejor dicho, que lo esencial de la comunicación no es el lenguaje. Antes he utilizado la palabra *amor,* y es justa. Ahora, varios años antes, yo observaba a mi padre moverse, reaccionar, reírse, sano y viviente, con los Kopp al lado del piano, apoyado con la cadera del mismo modo en que me reclino yo. Pero cuando dejó de ser posible mantener una conversación normal, razonada, lineal con él, y aunque al principio constatar esa imposibilidad me impedía hablarle sin un nudo en la garganta, pudiendo solo balbucear, pronto vi que la comunicación esencial, el intercambio verdadero, no residía en las palabras, el diálogo, sino en algo otro. Del lado de esa *otra cosa* está mi voz. La comunicación se mutó, renació en los silencios dilatados, los diálogos imposibles, imposibles, imposibles, la presencia transformada más que el zumbido placentero de las abejas, las formas más que las letras, sentimientos sin nombre inmediato pero sí futuro –y sí pasado–, y más reales que una idea blanca y sana, que una frase con verbos y atributos correctos, totalizantes. La música, el tacto, el humor mudo. Fueron y son estos los verdaderos intercambios, el hilo de mi amor y de mi escritura. Las palabras son secundarias porque solo son útiles, no necesarias. Matizan lo que nace, pero no dan a luz. A luz damos tú, y yo, y lo que nace es nuevo cada día, y aún no lo puedo nombrar.

Así, de esta manera, continuó nuestro balbuceo lento y absurdo. Aquel día, con Bertrand, y años después, con mi padre. Digo *balbuceo* por no decir conversación, o diálogo; un diálogo presupone un objetivo, significados comprendidos y acordados por ambas partes. El balbuceo es algo superior, liberado e imparcial.

—Te enseñaría la escultura... —susurró Bertrand.

Seguía recostado en la butaca, brazos y piernas inertes. El pantalón blanco se le ceñía a la entrepierna: además de oír sus palabras tontas, me alivió reconocer formas masculinas en su pantalón. Atributos protuberantes: bajo la ropa de modelo sueco no había un maniquí asexuado.

—Te enseñaré la escultura. Pero no la llegarías a ver ni siquiera así. A menos que tuvieras un espejo. Mi mujer la ve, pero yo he venido con Andrew y Sonya, ella se ha quedado en Londres, y la escultura...

Ni siquiera eran las diez de la mañana. Pero de nuevo atenuaron la iluminación de la sala. Y en mí también había ocaso, noche, final. Como mínimo, repetición.

—¿Andrew y Sonya son tus padres?

No sabía a cuál de las partes inconexas de su frase referirme, de modo que dije aquello. Pareció confundirlo, mi pregunta, pero acabó asintiendo y meneando la cabeza con creciente y extraña energía. ¿Por qué había comenzado a darle cuerda? La humanidad que aparentaba sedado desaparecía ahora que sus ojos volvían a escrutar los míos, mis manos, nuestros asientos, la sala que se llenaba de piernas y brazos y cabezas peinadas a medida que avanzaban los minutos, o las horas, qué sé yo. Pese a mis deseos de acercarme a él, de interrogar su nuevo aspecto, no quería ser causante de un tercer colapso de Bertrand Kopp: frené mi cauteloso interrogatorio, el balbuceo feliz.

Al principio yo estaba demasiado inmersa en lo que sucedía dentro de Bertrand –dentro de mí– como para reconocerlo: pero se dirigió a nosotros otro camarero, que resultó ser el del restaurante de nuestro hotel. Él sí miró a Bertrand, le habló, nos reconocía como acompañantes de los señores Kopp. Nos preguntó a ambos si nos apetecía otra copa. Con todo, se dirigía a mí con más atención que a él, como si fuese yo la adulta, yo la responsable, yo la madre. Tenía los ojos marrones, concentrados y desconcertados, y las cejas rígidas. Aquel chico había presenciado la ridícula escena durante el desayuno, en el hotel, y seguramente se preguntaba quiénes éramos él y yo más allá de acompañantes casuales, por qué volvíamos a estar juntos tras el *altercado,* dónde estaban los Kopp, o cómo se había remediado todo. Son preguntas que yo también me hacía y me hago, pero que vi por primera vez en su rostro. La idea tentadora de abandonar a Bertrand y conversar, incluso coquetear, con el camarero del hotel, la rechacé nada más ocurrírseme. Solo me levanté del reposabrazos para coger el cava helado. Antes de volver a sentarme le pregunté qué hacía allí, qué casualidad.

—Este es el segundo año que estoy en el protocolo de los Premios. Casi todos los invitados se quedan en el hotel, como vosotros.

Parecía tener algo más que decir, que decirme, pero volví a mi sitio como si me uniera a Bertrand un imán. Bertrand me sonrió por segunda vez: en su delirio se imaginó algo que lo llevó a mirarme con alegría equivocada. Y, por segunda vez aquel día, a mí me pareció bello, bello como un ángel sin habla y sin resentimiento. ¿Era Bertrand bello, o me lo parecía a mí según el momento, la luz, el lugar, su grado de medicación, el modo mismo en que pienso ahora su presencia y su influencia sobre mí, influenciada a la vez por el efecto de mi compañía en él?

En cuanto el chico de protocolo vio que yo me mantenía con Bertrand, como si fuese mi hijo o mi padre, se marchó hacia otros grupos del vestíbulo; aunque miró atrás una vez, y otra vez, y continué notando su mirada indagadora, descarada, cada vez que no nos separaban las masas humanas y movedizas, rotantes a lo ancho de una sala cada vez más abarrotada. Mi padre tenía razón al decir que en los bailes sociales todos miran, pero nadie percibe: precisamente que hubiera tanta gente, tantos estímulos y palabras, impedía que alguien se percatara del estado tan extraño –del *ser* tan extraño– que permanecía postrado en el medio de la sala.

Entre los invitados, no reconocí a nadie. Y traté de localizar a mi padre, o a Sonya, o al menos a Andrew. Pero no solamente ellos estaban ocultos: cuando devolví mi atención a la butaca donde Bertrand había estado quieto, sosegado, allí ya no había nadie.

No sé cuántos años empequeñecí en aquel momento. No sé cuánto aceleré mis pasos. Era imposible, incluso en la lógica difusa de mis días con los Kopp, que Bertrand hubiese desaparecido esfumándose en lugar de cambiando de lugar, de coordenada. Me introduje y me deslicé entre pieles humanas, perfumes decrépitos, extremidades descubiertas y heladas. Afuera, el frío no habría hecho más que aumentar, y quienes entraban debían de sentir el cambio de temperatura como un hogar inesperado. Alivio, sudor. Los camareros lograban introducirse entre grupos cerrados, herméticos, sin siquiera interrumpir las conversaciones. Yo, con mi prisa, cortaba los grupos por la mitad. No ignoraba, incluso entonces, que eso no llevaría a buen puerto, y aun así me levanté y busqué a Bertrand como lo haría en una circunstancia cualquiera. Como si hubiese perdido a un amigo en el patio del colegio, o buscase a mi madre en la casa equivocada, y al entrar por la puerta abierta me dijesen: *¿Tú otra vez?* La puerta siempre estaba abierta, y entrar siempre estaba prohibido.

Si cierro los ojos y evoco aquel momento no puedo decir que me sentía sola, pero lo cierto es que lo estaba. Me parece imposible encontrar, o buscar siquiera, a la persona que desmienta esta certeza, al ser elusivo, escurridizo, de silueta desdibujada y corazón tan borroso como la soledad que ilumino y oculto al mismo tiempo. Entre tantas criaturas con cuerpos y caras piadosas, y abrigos y zapatos de animal sin escrúpulos, yo siempre busqué a un solo ser, aunque tuviese nombres diversos y en esta ocasión, como por casualidad, se llamase Bertrand Kopp.

Alcé la mirada al techo. Qué extraño verlo despoblado. Nadie lo pisoteaba, solo tiraban de él las lámparas pesadas. Nadie caía en él, nadie vertía su bebida por falta de equilibrio, nadie cavaba un hoyo para saltar creyendo ver un abismo real. Y había un ser en las alturas. Allí arriba, en un segundo piso con vistas al vestíbulo sudoroso, yacía Bertrand encorvado, apoyado en el pasamanos, su cabeza de muñeco casi rozando el techo. Fue la primera y la última vez que lo vi sin que él me viera, sin que su comportamiento se viera afectado, o predeterminado, por mi presencia o la de los Kopp. Estrujo la memoria, exprimo el recuerdo: ¿en qué otra ocasión vi a Bertrand solo, sin los Kopp rondando? Nunca antes, y nunca después. Y terminaría todo así, con esta visión –también concluyen así las apariencias, también irrumpe así la enfermedad–, de no ser porque Bertrand me encontró a mí con la mirada. A través de su ceguera, me vio. Siguió mis movimientos erráticos sin pestañear, yo lo saludé desde abajo y él me devolvió el saludo con sus cejas rubias, su frente de centauro. En parte deseaba volver a verlo como alguien solitario, lejano, intocable; en parte quería juntarme con él, no dejarlo escapar, protegerlo de algo: protegernos mutuamente desde nuestra sumisión.

Cuando había resuelto subir, una mano fría y firme se posó en mi espalda: no era mi padre, como hubiese deseado, y cosa que también hubiese zanjado toda esta historia, detenido mi ascenso, el ascenso que era mi caída final. El camarero del hotel, de nuevo. En su uniforme azul marino. Me quería decir algo pero no alcancé a escucharlo y retiró su mano de mi espalda. Me preguntó cómo estaba, dijo que parecía –no oí lo que parecía– y yo me escaqueaba ya. Estaba a punto de subir las escaleras de caracol, pero entonces me agarró con la mano.

–Virginia.

–Es mi nombre –dije, o pregunté, no sé por qué. Masticaba mis propias palabras, espesas, mis ideas lentas. La percepción, creo, intacta. La expresión, atrofiada.

En menos de un segundo el chico observó mi vestido, mis hombros, mis piernas, con el disimulo propio de quien graba una imagen en su mente para deleitarse con ella después, a solas, sin ti. También tardó un poco en responder, acaso infectado de mi lentitud. Tanteando, dijo:

–Lo... oí ayer por la noche. Mientras el hijo de los señores Kopp... No, primero oí cómo tu padre te llamaba. Fui yo quien tocó a la puerta de vuestra habitación ayer por la noche, después de verte en vuestro desayuno-comida. Quería comprobar si tú..., con la excusa de daros a ti y a tu padre la hora de la ceremonia hoy, y la dirección del teatro. Abrió tu padre, no te vi y al principio me asusté, pero en cuanto me asomé un poco vi unas manos relajadas, colgando a los pies de la cama. Era yo quien llamó a la puerta, quería comprobar si estabas ahí, o si estabas bien.

–Sí –dije, recordando la escena que él describía. Su boca se relajó, habló de otro modo:

–Sinceramente, la imagen de las manos muertas, y en el lugar donde suelen ir los pies, era un poco extraña, pero debías de estar del revés. Me tranquilizó oír, cuando tu padre me dio las gracias, que luego se dirigía a ti. Dijo *Virginia*. Por eso... supongo que es tu nombre.

Por cómo parpadeó supe que no había dicho, ni siquiera entonces, lo que quería decirme. Que, como el resto de nosotros, utilizaba las palabras para esconder más que para revelar. Yo conocía bien aquella dificultad, y no me interesaba adentrarme más en ella. Miré hacia el balcón del segundo piso. Bertrand seguía allí. Volví a mí. El chico del hotel también seguía conmigo.

—¿Qué has dicho antes? Sobre ayer noche.

Antes de responder me miró fijamente, como si dudase de mi grado de atención, de si mi pregunta era genuina.

—Digo que el hijo de los señores Kopp... Ayer noche no nos dejaron utilizar el sótano del hotel, nos echaron a los que ensayábamos el protocolo de hoy para la ceremonia. Y oí cómo, en un momento, también él decía tu nombre. *Virginia*. Los señores Kopp bajaron con todos los utensilios del hijo, no sé qué eran exactamente. Todo parecía pesado: materiales pesados, objetos o herramientas de algún tipo. Entre ellos... —volvió a comprobar mi atención—, ellos discutían, pero se quedaron con el hijo un buen rato allí abajo. Me pidieron que bajara un vaso de agua para él. La mujer me interceptó en las escaleras, me cogió el vaso y no pude ver más. Volví arriba y comenté la escena con mis compañeros, pero nadie quería saber nada.

—Bueno —lo interrumpí. Yo tampoco quería saber nada. Él se alargaba y yo necesitaba seguir mi curso—. No sé qué harían, los Kopp y su hijo. Y yo y mi padre estábamos tranquilamente en el cuarto, sí.

Mis ojos debieron de cambiar de expresión, mi mandíbula endurecerse. El chico me miró con incomprensión triste, o asustado, y no lo soporté más.

—No estaba espiando, Virginia, si es lo que... Porque oí en vuestro cuarto... ¿Tú estás bien? —dijo, como si esa última pregunta fuese lo único importante, el camino más rápido. Yo miré las escaleras, tratando de calcular cuántos escalones había—. Volví a la sala del sótano al cabo de un rato para apagar las luces. Ya no había nadie.

Si reproduzco esta conversación, en lugar de ocultarla, es porque incluso en aquel momento fui consciente de que nadie me había hecho esa pregunta, ni siquiera yo. Pero no me entrego a lo bueno, lo mejor, lo deseable, si no me resulta conocido, si no tiene un aire familiar. Rechacé sus palabras generosas, me agarré a las mías, como si fuese idéntica a mi apariencia: fuerte, alegre, entera. Como si fuese una ofensa, una aberración, adivinar que yo no era lo que parecía ser y que, en algún sentido, operaban en mí fuerzas impuestas, superiores. Yo no tenía derecho a dudar o a sufrir, solo a reafirmar a los que dudan y curar a los que sufren. Le respondí tajante, cruel, saboreando la injusticia: yo estaba muy bien.

Subí las escaleras, al fin. Despacio. Sentí un leve mareo, no del todo desagradable, las copas ingeridas sin contar. Eso me alejaba todavía más de mí misma y no opuse resistencia. A cada segundo yo caía más en mi papel, y la asertividad, la solemnidad, la parsimonia —mis nuevos atributos— me crecían como brazos y piernas. Los órganos se agarraban unos a otros, querían hablarse y despedazarse, luchar al tiempo que se tapaban la boca para no emitir ningún ruido durante la batalla. Solo así, en supremo control de mí misma, pude cogerme a la barandilla, subir la escalera sin tropezarme. El ruido de fondo silenciaba los tacones repicando contra cada escalón, pero yo los oía como un estruendo doloroso, merecido. Llegué a la cima, mareada o no, sola o acompañada, eso daba igual: daba igual porque nadie miraría, o escucharía, no solo en aquellas circunstancias, sino aunque las circunstancias hubiesen sido otras.

VI

Pasó otro lapso de tiempo descomunal. Pero estaba arriba. Igual que en nuestra travesía del salón de actos al vestíbulo, cada escena parecía autónoma, pertenecía a un tiempo y un espacio nuevos, inconexos. En aquel edificio, como en mi propio cuerpo, cada estancia estaba disociada de la anterior, incomunicada. Y no me pertenecían, mis estancias. Pertenecían a los deseos de otro, los del arquitecto y constructor, que decidía confundirme, cegarme para ser su marioneta, su actriz. Por eso no puedo escribir lo cierto: porque en parte soy la voz, los apetitos, las órdenes de él.

Y por eso, de vez en cuando, abro capítulo. Aunque deteste escribir de más, alargar la extensión de lo contado. Aunque no relate un tiempo, unos días, ni un lugar distintos. Seguíamos en el teatro, en la ciudad del norte, en febrero. Pero en mí siempre había otros seres y lugares y tiempos, y dictaban ellos, no yo, lo que iba a suceder. Por eso abro capítulo: obedezco.

Mi nuevo escenario era una balconada cuadrada, no un segundo piso con acceso a habitaciones u otras salas de estar. A mi derecha una señal con monigotes redondos indicaba los aseos. La iluminación era más tenue que en el vestíbulo, pese a encontrarnos casi a la altura de las lámparas de araña. Si estiraba el brazo desde el balcón podía tocar los cristales transparentes, titilantes. Igual que el primer día, desde la ventana del hotel, supe que si estiraba el tronco alcanzaría mi objetivo pero que, al mismo tiempo, me ponía en peligro mortal. Trasladaría mi peso hacia delante y mis pies se despegarían del suelo.

Me agarré al pasamanos. Olvidé. Así, habiendo olvidado, repetí. Bertrand estaba en la esquina opuesta a mí, continuaba con la mirada perdida entre los recién llegados, el baile de camareros, los Kopp, diminutos desde aquí, élficos, sus amigos y sus desconocidos. Bertrand no parecía buscar a nadie en concreto.

—B.

Me había desplazado hacia él silenciosamente, en lugar de con mi paso ruidoso y habitual, no quería asustarlo, o quizás aquella manera de caminar era sencillamente el refinamiento final de mi apariencia: ser fantasma. Sí. Temía que huyese si me oía acercarme, acecharlo a paso de persona, de tacones, y no de espíritu insonoro. También quería que su intimidad durase lo máximo posible: por eso había ralentizado, silenciado mi aparición, por mucho que desease aguar su soledad violentamente, irrumpir en él.

—Me has preocupado —mentí—. A todos —me justifiqué—. No sabíamos dónde andabas.

Me dio sus ojos y no vi en ellos sorpresa. Ya no vi con claridad al loco, al deficiente, al trastornado, sino a alguien idéntico a mí, con deseos y confusiones, pero sin capacidad de expresarse adecuadamente ni de actuar por sí mismo: nuestras vidas, y nuestras razones para aquella imposibilidad, podían ser distintas, de grados distintos, pero eso daba igual. Agradecí el Orfidal, en parte: ese contacto con él era muy distinto de su verborrea desatada y salivosa. La quietud del otro, su muerte, permite repensar, perdonarlo. El movimiento, su vida, no.

—No encuentro a mi madre —dijo de un modo gutural, una especie de chillido grave. Era un hombre de cuarenta años o casi, con voz de adulto y físicamente hábil, que ahora sonaba como un niño de cinco.

—La buscamos.

No respondió. Añadí:

—O será mejor que nos quedemos aquí arriba hasta que empiece la ceremonia. Yo te llevo. Vamos juntos.

No aceptó ni rechazó mi propuesta. No se quejó. Y no puedo saber en qué medida me escuchó. Seguía con la mirada fija en el vestíbulo pero no parecía estar buscando a Sonya desesperadamente, a juzgar por el sosiego de sus ojos, sus músculos faciales en paz.

—No —dijo—. Desde aquí veo todas las esculturas.
—¿Qué esculturas?
—Pero no me dejan tocarlas.

He aquí la lógica del nuevo estado de Bertrand. Anteriormente había consistido en frases complejas, frenéticas, cuyos elementos eran correctos *en sí mismos* pero, en relación con las demás partes de la frase, absurdos. Ahora Bertrand no contestaba a las preguntas sino que ofrecía como respuesta *retomar el hilo de su frase anterior a la pregunta*. Deseché la posibilidad de un diálogo, otra vez —con qué facilidad, con qué estupidez volvemos al habla humana, falsa y acogedora—, y me entregué a su tipo de relación. Mi rol era insignificante, pero empezaba a encontrarme mejor que abajo, entre la barahúnda anónima, los cacareos, las conversaciones sordas e interesantes. No sé qué protección o compañía me proporcionaba Bertrand, creía ser yo quien lo cuidaba, pero mis rodillas, mis codos activados por hilos invisibles se mantenían cerca de su cuerpo y la idea de dejarlo solo —de *quedarme sola*— me oprimía el pecho al evocarla. La misma sensación de vértigo ante la ventana en el hotel. Ante el pasamanos, hoy.

Observé el piso de abajo. No había centímetro exento de cabezas ovaladas, calvas, algunas rojizas, pero mayormente grises. A excepción de un pequeño busto de mármol, en la esquina opuesta al piano. En este se apoyaba una mujer con un bello ataque de risa. No localicé ninguna otra *escultura* en toda la zona. Solo había muebles, alfombras, luces, espejos; personas y sus reflejos. ¿Qué esculturas?

–Todas, míralas –dijo Bertrand–. Todas las esculturas son efímeras. –Hizo una pausa consciente, pero no antinatural. Y, sin modificar el registro oracular, añadió–: Voy a encontrar a Sonya. Y a los otros.

Por primera vez él decía algo sensato, apropiado. Y de pronto era yo quien se negaba a admitirlo en el otro mundo, el nuestro, que mío solo lo era en parte. Quería conservarnos aquí, en su esfera, impenetrable por los demás: incluso por mí, pero a mí me daba igual no comprenderlo a condición de que no me dejara sola, repito, no me devolviera a la vida, el tiempo y el espacio anteriores. ¿Qué me daba tanto miedo? Cogí su mano: estaba ardiendo, o tal vez era mi propia temperatura que su piel, al tocarla, me devolvía. Pero ni su brazo membranoso ni su calor eran los de un autómata, o una estatua, sino los de un animal vivo, recién nacido, recién salido del huevo. Mi pecho volvía a vibrar, ahora sin vértigo o ansiedad o miedo: me fascinaba que pudiera expresarse humanamente aquel ser salvaje y que, al mismo tiempo, no abandonara sus visiones de robot estropeado. *¿Las esculturas son efímeras?* Esta frase también se ha quedado conmigo. En el momento me impresionó, aunque no alcancé entonces, solo con el tiempo, su significado.

Antes de conocer a Bertrand no lo habría dicho así. Pero siempre que terminaba un cuento y me disponía a revisarlo, lo concebía como una escultura: aunque el material estaba todo ahí, más o menos con principio y final, su interés no era seguro hasta que tuviera la solidez, el peso, la medida justa de una roca cuyos contornos se han limado cuidadosamente, mediante dudas y certezas, durante años, y que permanece como edificio y presencia dolorosa, no se devuelve a la naturaleza ciega y feliz. Precisamente las esculturas *no* son efímeras: lo gravado, lo recreado, está para quedarse y resistir. Para advertir, no siempre guiar, pero siempre paliar la soledad. O eso creía yo entonces. Entonces noté cómo su mano temblaba dentro de la mía –la mía, de pronto, recubría con fuerza su puño cerrado– del mismo modo impersonal, involuntario, del día que desayunábamos en el hotel. Ahora, sin embargo, él trataba de suprimir su temblor.

–Nunca me dejan tocarlas, las esculturas.

A esas alturas yo estaba convencida –y mi padre lo había corroborado el día anterior– de que su identidad de artista era una patraña. Pero le seguí la corriente sin esfuerzo, al contrario, con avidez. Le respondí que si *realmente* era escultor debía tocar su material por fuerza, y que nadie podía impedírselo: que, además, no debía dejar que nadie lo tutelase o monitorizase. Las esculturas existían gracias a él. Nada de esto lo inventé: lo creía pese a estarle mintiendo. Sus ojos titilaban como los cristales de las lámparas y compartí la pena que ni siquiera sé si él sentía, pero que yo experimenté como si mi cuerpo fuera el suyo, míos su temblor y su incapacidad. Le cogí la otra mano, le junté ambas como si le enseñase a rezar, sus dedos se entrelazaron y yo los abracé con los míos, más creyentes aún. Los acaricié y apreté del modo más maternal que supe inventarme. Había un banco acolchado a pocos metros de nosotros, el único asiento en aquella balconada inhabitada. Lo conduje hasta allí, me siguió sin decir nada, lo senté como a un juguete dos veces mi tamaño. Lo que sucediese abajo, que durante días había imaginado con impaciencia, con curiosidad, no me importaba. Tampoco mi padre o los Kopp. Mi deber era preservar, devolverle a Bertrand la calma inducida por el Orfidal, asegurarme de que no tuviese ningún brote extraño. Quererlo y que él lo supiera. Sentí aquella obligación con una urgencia molesta y placentera a la vez, como si fuese una misión divina, un milagro que buscaba un cuerpo en que existir, y el director de aquella obra me hubiese escogido a mí, por primera vez y para la última escena, como protagonista. Tanto lo quería que sentí también frustración, enfado, de que mi presencia no lo apaciguase de inmediato, yo, que era su madre, su hija, su amiga.

Y entonces sucedió. El milagro, digo.

Cuando lo recuerdo, la memoria está en mi cuello: sus manos enormes y vigorosas apretándolo como si pretendiese agarrar la vena más honda, más alejada de la piel, deformar mi nuca para los años de vida que me quedasen. Su rostro desfigurado por algo interior. Su fuerza atrayéndome hacia él sin palabras, con el mismo alegre éxtasis con que el día anterior me había aprisionado los dedos encima de la mesa, antes de que su madre se lo llevase, avergonzada ella y avergonzado él, y yo no volviera a verlos hasta la mañana siguiente. Había agonizado, yo, durante aquella espera. Incluso ahora, mis ojos secos todavía buscaban los suyos, húmedos, mis dientes cuadrados no apartaban, ni atacaban, a sus dientes redondos que aplastaban partes erróneas de mi cara. No sé cuánto tiempo nos mantuvimos así, pero siempre me agarré a la creencia de que se equivocaba, de que no era él quien operaba en su cuerpo, que lo cierto no era equivalente a lo real. Lo que decía lo decía demasiado alto, y volvía a parecerse a las frases chifladas del primer día, en la calle, entre coche y coche, donde lo rescaté por primera vez antes de odiarlo y amarlo después. La memoria me falla en este punto. O, al contrario, me protege de los detalles cruciales. No retengo sus palabras de aquellos instantes, como sí recuerdo las del primer día. Sé que yo dije su nombre, traté de escabullirme farfullando algo, pero mi voz no alcanzaba a ningún receptor porque quedaba ahogada en su propia boca, parecía bebérsela o aspirarla con gran apetito. Mi voz desapareció, junto con todo el resto, mis ojos, mis dedos, mi tronco y mis caderas. Y cuando creí que me había engullido entera, solo me hizo falta concentrar todas mis fuerzas para apartarlo, vomitarlo de mí con un cabezazo equino, un movimiento torpe y ridículo si alguien nos hubiera estado viendo como nos veo yo hoy, pero que, por la rabia y la devoción que ardían en mí, me envalentonó para pegarle de nuevo en la cara, a la altura de los dientes infantiles, horribles, después en la barbilla encogida y redonda, todo lo que en él era bello. Sé que no le hice daño, sé que era de goma.

Virginia. Oír mi nombre a aquellas alturas del canibalismo no significaba nada. Nosotros no tenemos nombre, aunque se nos dé y no lo rechacemos. Pero la voz de mi padre era inconfundible, la reconocí y retrocedí hacia ella. Más reconocibles todavía eran los pasos y la respiración agitada de Sonya, que dijo algo impreciso pero indudablemente enfurruñado. Me hablaba a mí, aunque berreaba en inglés y no en español, y me miraba con el rostro más asustado que furioso. No sé qué aspecto tendría yo, cuál tendría él. Me apartó de Bertrand con ambas manos y le agarró la cara. Se dirigió a él con un tono distinto, en paz repentina, profesional.

—B., ¿te duele? Háblame, soy mamá.

Mi padre y yo nos miramos. En el rostro de Bertrand no había destrozos, solo la mejilla un poco rosada, un rasguño menor. Fue entonces, al cazar mi mirada por encima del hombro protector de su madre, cuando Bertrand dijo:

—No, madre. Es parte del... de mi espectáculo.

Sus ojos ya estaban secos. Los míos, al revés, comenzaban a abarrotarse de lágrimas que luché por mantener en su origen, por no entregar a la gravedad. Sonya se volvió hacia mí tras oír aquello, creo que ni siquiera ella supo interpretar las palabras de su hijo, pero tampoco lo escuchaba, había decidido hacía tiempo que la culpa siempre la tenían los demás, de todo, siempre, más allá de Bertrand y del norte y de febrero. Sonya, lo supe, no reaccionaba con ira por mí, no le molestaba yo, sino su propia incapacidad de controlar a Bertrand, o su propia impotencia: la imposibilidad de cuidarlo y protegerlo, al estar ella sola —Andrew, por supuesto, seguía en el piso de abajo, parloteando con la mujer del ataque de risa—, ella sola ante aquella situación, una y otra vez. Era la *tercera* vez, en un solo fin de semana, que Sonya tenía que enfrentar algo semejante por parte de Bertrand. Y, como en toda situación límite, que se repita perpetuamente no nos hace más hábiles: estamos igual de solos y apabullados que la anterior vez. Quizás menos apabullados, pero siempre igual de solos.

—Le he estado hablando a la hija de Juan de

mis esculturas. Le he agarrado las manos para mostrárselas antes de tiempo y me he caído cuando...

—Estás borracha, ¿verdad? —me dijo Sonya en español, interrumpiendo la farsa, el teatro, la ridícula idea de Bertrand—. ¿Qué edad tienes? ¿No eres consciente...? ¿No te das cuenta de que para la ceremonia B. debía mantenerse tranquilo? ¿Y quieres decirme a qué responden esas transparencias? —Señaló con el dedo índice, tieso, mis muslos—. Estamos en un evento formal, haz el favor de comportarte y de no crear problemas allí donde los adultos nos encargamos de solucionarlos.

La respuesta que se me ocurre ahora es que los adultos, precisamente ellos, habían dejado a Bertrand sin supervisión, que yo no tenía culpa de ser tan infantil e impulsiva como él; que, además, Bertrand era el adulto, no yo; que nadie me había dicho que era realmente retrasado y realmente agresivo, solo artista; que ya era tarde, la magia no se rebobina. No dije nada, obviamente. En parte interioricé aquella culpa, era algo a lo que estaba acostumbrada, y ni me costó ni me dolieron las palabras de Sonya. No me dolieron porque sabía que ni siquiera ella las creía, ni siquiera ella creía en aquella lección de conducta. Bertrand, que había estado escuchando palabra por palabra, repitió que era «una parte ineludible de la función». Nadie le hizo caso. ¿Por qué quería exculparme Bertrand, y cómo era posible, pese a su torpeza suprema, que percibiese la complejidad de la situación? Tal vez volvía a saberse artífice y víctima de su propio accidente; criminal y damnificado. Mi padre continuó sin decir nada, pero disimulaba poniendo cara de circunstancias, de preocupación que no creo falsa, pero tampoco honesta. Mi padre, ya digo, era un poco cobarde: no deshilachaba la realidad cuando le traería consecuencias indeseadas. Ni siquiera estaba del todo con nosotros tres, en el segundo piso: tenía ambos pies en el último escalón, preparado para bajar en cuanto fuese posible, juntarse con Andrew, cobijarse en un ataque de risa.

Escaleras de caracol, lámparas de araña, alfombras de búfalo, tacones y botas de piel de serpiente, gruñidos de oso en Sonya y lágrimas de cocodrilo en mí, o antes en Bertrand, no sé en quién.

La crisis familiar de los Kopp –estas suceden, me parece, cuando alguien externo se introduce en la mafia articulada que es cada familia– fue interrumpida por otra crisis, la institucional.

Mientras nos llevaban de vuelta abajo, como a dos hijos traviesos e indisciplinados, mi padre me susurró que la «jugarreta» de Andrew a los Reyes no había salido como estaba planeado. A mí me entristeció que no mencionara lo sucedido, que no reaccionara con la justicia o con la comprensión, cualquiera de las dos hubiese servido, que no me abarcara con sus brazos delgados y me atrajera contra sí, y que, cuando lo hizo, fuese de modo infantiloide; que, como de costumbre, mencionara algo *no* relacionado con el daño, con lo complicado, sino con lo *curioso,* lo *inteligente,* lo *divertido,* para hacerme olvidar, pero sobre todo para disimular su propia ineptitud ante lo confuso, lo complejo. Accedí al olvido, como siempre, y dije, sonriendo ya:

–Vaya, menuda sorpresa.

Menuda sorpresa, sí, que la payasada de Andrew no hubiese salido a la perfección.

Al margen de esto, lo cierto es que mis días con los Kopp fueron el tipo de período que se siente, antes de ser contado, como una función teatral, como una especie de broma aceptada o mentira celebrada, sin futuro ni pasado, sin consecuencias inmediatas, con escenas, escenario, vestuario, guión solamente.

Tal vez por eso me recreo en ellos, en los Kopp, pertenecen más aquí que allí, que a lo real inalterado. Y, como vengo diciendo, no quiero hablar de la realidad porque sería fingir que me importa, que no la traiciono cuando se me presenta la ocasión, que no he nacido y crecido mintiendo. El destello todavía amigable en los ojos de Bertrand era, es, mi ocasión. Mi memoria imprecisa, sesgada por el bochorno, también.

No quedaba casi nadie en el vestíbulo del teatro. Personas sueltas se desplazaban hacia el interior del salón de actos a través de puertas enormes y de apariencia pesada, color cobre. No sé cómo traspasamos las puertas, quién fue capaz de enfrentarse a ellas, seguramente Andrew. Una vez dentro, el desorden era insólito pero previsible, el fracaso del protocolo también: una discusión notoria en la primera fila de butacas agitaba la atmósfera ruidosa de por sí, y hacía cuchichear al resto de los asistentes que tomaban sus asientos. Una voz autoritaria abroncaba al grupo de chicos y chicas: los camareros, los acomodadores. No nos encontrábamos lejos del conflicto, y reconocí la cara menuda y atractiva del camarero de nuestro hotel. Sonya nos espetó a los tres —a Bertrand, a mi padre y a mí:

—Andrew... Andrew ha culpado a protocolo del retraso y confusión causados por su feliz ocurrencia de las butacas. Juan, disculpa. Voy a buscar a Andrew, que nos den el premio y se acabe todo esto de una santa vez. Discúlpame por haberte hecho venir desde Madrid. No deberíais haber venido. Menuda función.

Mi padre no se atrevió a decir nada y yo sabía que él se lo había pasado bien, que no esperaba ninguna disculpa de Sonya, aunque, como yo, podía imaginar, y fingir compartir, los malestares que la rebosaban a ella en aquel momento: Sonya madre, Sonya esposa, Sonya doctora, Sonya mujer, Sonya ser, Sonya salvaje, Sonya. Él y yo, de vuelta en Madrid, rememoraríamos aquellos días con el cariño y la indiferencia de los seres felices: por eso mi padre no abrió la boca y se limitó a aceptar, con labios dóciles, la disculpa de Sonya, era lo mínimo que podía hacer por ella.

Ella se marchó a primera fila en busca de su marido para «acabar con todo de una santa vez», expresión curiosa en boca de Sonya, que había utilizado más de una vez, como si no existiese en Inglaterra ese tono castizo, directo, y tuviese intención de exportarlo porque expresaba algo crucial sobre sí misma —su desdén hacia todo y todos— con asombrosa precisión.

Y cuando *todo* parecía terminar *de una santa vez* había una pregunta, una sola, que habitaba aquel momento: ¿por qué Sonya no había protestado antes, al dejar nuestras cosas en los asientos de los Reyes, si tan molesta estaba ahora ante el comportamiento impulsivo, antojadizo, de Andrew? Solo ahora, por primera vez, había reaccionado sin fingir control de sí ante la nueva *performance* de su hijo Bertrand y, acto seguido, la de su marido. Hallo la respuesta tiempo después, cuando la pregunta ya ha muerto hasta renacer: Sonya trataba de mantener a su familia unida, al menos en apariencia, y sobre todo ante sí misma. Había tenido la suerte extraña de aquellos dos hombres: Andrew y Bertrand. Por eso tenía el pelo completamente blanco, y una calva incipiente que disimulaba casi a la perfección. Luchaba contra su soledad al tiempo que se adentraba en ella permaneciendo al lado de ambos, siempre en escena, controlando y transigiendo la acción.

Recobró a Andrew y trajo todas nuestras cosas, o, mejor dicho, algunas: nunca recuperé mi bolso azul y amarillo que tanto me gustaba y que había sido un regalo de mi madre. Y no vi a los Reyes sino de lejos: se acomodaban en sus sitios, liberados de intrusos juguetones e importantes.

El rostro de Andrew, cuando Sonya lo trajo por los pelos, derrochaba satisfacción inhibida: no tan inhibida si yo, todavía en mi nube de vergüenza e interpretación, podía percibirla.

Bertrand. A Bertrand lo colocaron, al sentarnos por fin, en el extremo opuesto al mío. Y quedaba una anomalía por revelarse, por arrebatar el estrellato a la conciliación de lo comprendido, lo terminado. Al apagarse las luces del teatro y abrirse la cortina magenta, color de coágulo, aquel bulto triangular que yo había vislumbrado horas atrás seguía allí, ocupando el centro del escenario. La funda de flecos que antes lo cubría, sin embargo, yacía ahora en el suelo, y pude ver lo que ocultaba: dos manos alargadas, esculpidas en mármol blanco, con los dedos entrelazados. No eran dos manos idénticas. Una era la réplica perfecta de mi mano derecha –mis uñas, mis nudillos–, pero la segunda no. Ambas surgían de una misma masa amorfa, y una mano subyugaba a la otra. Esto era fácil percibirlo, pero era difícil saber, por la tensión sostenida de ambos pulgares, qué mano sometía y cuál se dejaba someter. Oí a Bertrand explicarme que le había llevado toda la noche moldear la escultura: pero esto es imposible porque estaba sentado demasiado lejos como para que él se hubiera dirigido a mí, como para que yo hubiera oído sus palabras con la nitidez que imagino y reproduzco ahora. Y además era absurdo que alguien le hubiese encargado una escultura a Bertrand para la ocasión. ¿O no? Cuando devolví la vista al escenario, las manos de mármol se habían evaporado, alguien salía con un micrófono, todos aplaudían, incluso había chillidos tímidos de celebración. *Las esculturas son efímeras,* sí, porque si desvelan lo real solo existen un instante, desaparecen al pestañear. Los rostros de los Kopp, como los de Bertrand y mi padre, estaban iluminados por los focos naranjas provenientes del escenario. Mi padre me tendió la mano, que de nada podía protegerme. Yo busqué la de Sonya, con los ojos solamente, y ella me la dio sin moverla, en silencio, con los ojos solamente.

ÍNDICE

I	7
II	33
III	67
IV	87
V	109
VI	129